Goosebumps®

Goosebumps®

Goosebumps®

雞皮疙瘩 37

我的朋友是隱形人

My Best Friend Is Invisible

R.L. 史坦恩（R.L.STINE）◎著

愛陵◎譯

Goosebumps 雞皮疙瘩

致台灣讀者

讀者們，請小心……

我是R・L・史坦恩，歡迎到「雞皮疙瘩」的可怕世界裡來。

你是否曾在深夜裡聽到過奇怪的嚎叫？你是否曾在黑暗中聽到腳步聲——卻根本看不到人？你是否見過神祕可怖的陰影，幽幽暗處有眼睛在窺視著你，或者身後有聲音叫你的名字？

如果是這樣，你應該了解那種奇特的發麻的感覺——那種給你一身雞皮疙瘩、被嚇呆的感覺。

在這些書裡，幽靈在閣樓上竊竊低語；膽顫心驚的孩子忽而隱形；稻草人活了，在田野裡走來走去；木偶和布娃娃也有生命，到處嚇人。

當然，這些都是磨礪心志的好玩的嚇人事。我希望你們感到害怕，同時也希望你們大笑。這都是想像出來的故事。當然，最可怕的地方在你們自己心裡。

過個害怕的一天吧！

R L Stine

Goosebumps 雞皮疙瘩

出版緣起

人生從奇幻冒險開始

城邦媒體集團首席執行長
何飛鵬

我的八到十二歲是在《三劍客》、《基度山恩仇記》、《乞丐王子》中度過的。可是現在的小孩有更新奇的玩具、電玩、漫畫，以及迪士尼樂園等。

八到十二歲，正是孩子從字數極少、以圖畫爲主的繪本閱讀，跨越到漸漸以文字閱讀爲主的時期。也正是訓練孩子從圖像式思考，轉變成文字思考的重要階段。在這個階段，養成長期的文字閱讀習慣，能培養孩子敘事、分析、推理的邏輯思辨能力，奠定良好的寫作實力與數理學力基礎。

然而，現在的父母擔心，大環境造成了習於圖像、不擅思考、討厭文字的一代。什麼力量能讓孩子重回閱讀的懷抱呢？

全球銷售三億五千萬冊的「雞皮疙瘩」，正是爲了滿足此一年齡層的孩子的需求而誕生的！

無論是校園怪奇傳說、墓地探險、鬼屋驚魂，或是與木乃伊、外星人、幽靈、吸血鬼、殭屍、怪物、精靈、傀儡相遇過招，這些孩子們的腦袋裡經常出現的角色或想像，經由作者的生花妙筆，營造出一個個讓孩子們縱橫馳騁的魔幻時空、光怪陸離的神奇異界，經歷各種危急險難，最終卻又能安全地化險為夷。這樣的冒險犯難，無論男孩女孩，無不拍案稱奇、心怡神醉！

本系列作品被譯為三十二種語言版本，並在全球數十個國家出版，創下了出版史上多項的輝煌紀錄，廣受世界各地孩子的喜愛。作者史坦恩表示，這套作品之所以成功，是因為多年的兒童雜誌編輯工作，讓他對兒童心理和兒童閱讀需求有了深刻理解——他知道什麼能逗兒童發笑，什麼能使他們戰慄。

我們誠摯地希望臺灣的孩子也能和世界上其他的孩子一樣，有更豐富多元的閱讀選擇。更希望藉由這套融合驚險恐怖與滑稽幽默於一爐，情節緊湊又緊張的「雞皮疙瘩系列叢書」，重拾八到十二歲孩子的閱讀興趣，從而建立他們的閱讀習慣，擁有一個快樂學習的童年。

現在，我們一起繫好安全帶，放膽體驗前所未有的驚異奇航吧！

專文推薦

戰慄娛人的鬼故事

廖卓成
國立臺北教育大學語文與創作系兒童文學教授

這套書很適合愛看鬼故事的讀者。

文學的趣味不止一端，莞爾會心是趣味，熱鬧誇張是趣味，刺激驚悚也是趣味。有人擔心鬼故事助長迷信，其實古典小說中，也有志怪小說一類，《聊齋誌異》就有不少鬼故事。何況，這套書的作者開宗明義的說：「這都是想像出來的故事」，不必當眞。

既然恐怖電影可以看，看鬼故事似乎也無妨；考試的書讀久了，偶爾調劑一下，對頭腦卻是有益。當然，如果看鬼片會連續失眠，妨害日常生活，那就不宜勉強了。

雋永的文學作品，應該有深刻的內涵；但不少兒童文學作品說教有餘，趣味不足。只要有趣味，而且不是害人爲樂的惡趣，就是好的作品。鮑姆（Baum）在《綠野仙蹤》的序言裡，挑明了他寫書就是爲了娛樂讀者。

倒是內行的讀者，不妨考校一下自己的功力，留意這套書的敘事技巧，由主角「我」來講故事，有甚麼效果？書中衝突的設計與化解，是否意想不到又合情合理？能不能有不同的設計？會不會更好？這是另一種引人入勝之處。

雞皮疙瘩 Goosebumps

導讀

結局只是另一場驚嚇的開始

耿一偉

臺北藝術節藝術總監

臺北藝術大學戲劇系兼任助理教授

不知道大家還記不記得，小時候玩遊戲，比如捉迷藏等，都會有一個人要當鬼。鬼在這個遊戲中很重要，沒有鬼來捉人，遊戲就不好玩。這些遊戲的關鍵特色，不是人要去消滅鬼，而是要去享受人被鬼追的刺激樂趣。所以當鬼捉到人後，不是遊戲就結束，而是下一個人要去當鬼。於是，當鬼反而是件苦差事，因爲捉人沒有樂趣，恨不得趕快找人來替代。所以遊戲不能沒有鬼，不然這個遊戲就不好玩了。

在史坦恩的「雞皮疙瘩系列」中，這些鬼所扮演的角色也是類似遊戲中的鬼，給我帶來閱讀與想像的刺激。各位讀者如果留意一下，會發現在他的小說中，都有一個類似的現象，就是結局往往不是一個對抗式的終局，一種善惡誓不兩立，以消滅魔鬼爲最終目標的故事——這比較是屬於成人恐怖片的模式，不是你死，就是人類全部變殭屍。但「雞皮疙瘩系列」中，你的雞皮疙瘩起來了，可是結尾的時候，鬼並不是死了，而是類似遊戲一樣，這些鬼換了另一種角色，而且有下一場遊戲又要繼續開始的感覺。

礙於閱讀的樂趣，我無法在此對故事結局說太多，但各位看完小說時，可以再回想我在這裡說的，就知道，「雞皮疙瘩系列」跟遊戲之間，的確有類似性。換另一個角度來看，這些主角大多為青少年，他們在生活中碰到的問題，如搬家面對新環境、男生女生的尷尬期、霸凌、友誼等，都在故事過程一一碰觸。

「雞皮疙瘩系列」令人愛不釋手的原因，也在於表面上好像主角是鬼，但讀到一半，你會感覺到，故事的重點不知不覺地從這些鬼怪轉移到那些被追的青少年身上，鬼可不可怕不是重點，重點是被追的過程中，一些青少年生活中的苦悶，也被突顯放大，甚至在故事中被解決了。所以你會在某種程度感受到，這本書的內容是在講你，在講你的生活，在講你的世界，鬼的出現，只是把這些青春期的事件給激化了。

另一個有趣的現象，是從日常生活轉入魔幻世界的關鍵點，往往發生在父母不在身邊，然後主角闖入不熟識空間的時候。比如《魔血》是主角暫住到姑婆家、

《吸血鬼的鬼氣》是闖入地下室的祕道、《我的新家是鬼屋》是新家的詭異房間……等等。

因為誤闖這些空間，奇怪的靈異事件開始打斷平凡無趣的日常軌道，一段冒險展開了，一場你追我跑的遊戲開始進行，而父母們往往對此毫無所悉，不知道自己的兒女在故事結束時，已經有所變化，變得更負責任，更勇敢。

「雞皮疙瘩系列」的意義，也在這個地方。在平凡無奇充滿壓力的青春期校園生活中，有那麼多不快樂、有那麼多鬼怪現象在生活中困擾著我們，但這無法跟家長說，因為他們不能理解，他們看不到我們看到的。但透過閱讀，透過想像力所引發的鬼捉人遊戲，這些不滿被發洩，這些被學校所壓抑的精力被釋放了。

幸好有這些鬼怪的陪伴，日子不再那麼無聊，世界可以靠自己的力量改變。

終究，在青少年的世界裡，鬼怪並不是那麼可怕，在史坦恩的小說中，也往往會有主角最後拯救了這些鬼怪的情形，彷彿他們不是惡鬼，而比較像誤闖人類世界的外星人……這也是青少年的焦慮，他們正準備降臨成人世界，這件事讓他們起了雞皮疙瘩!!

這句英文怎麼說

我開始做起白日夢。
I started to daydream.

1.

假如誰都看不見我，我就可以不必吃完菜豆，偷偷從餐桌旁溜走，躲進房間，窩在床上看完那本還沒讀完的鬼故事。

我開始做起白日夢，對自己說我的名字叫做山米·賈科，一個肉眼看不見的男孩。我想像著自己隱形的模樣。

上星期，我看了一部隱形人的電影。你看不見他的頭，也看不到他的身體，可是他吃東西時，你卻能看見食物在他隱形的胃裡消化。

實在是噁斃了，但我卻愛死了！

我盯著眼前的菜豆，想像它們在我胃裡翻滾、攪拌的樣子。

爸媽談話的聲音彷彿背景音樂似的嗡嗡響著。他們兩人都在大學實驗室裡做

研究工作，整天弄一些奇奇怪怪的光學和鐳射實驗。

下班回家後，他們仍繼續在餐桌上談論著工作，不停的談，永遠沒完沒了。

我十歲的弟弟——賽門，和我可是一句話也插不進去，我們得乖乖坐著聽他們暢談屈光和視覺障礙。

我是個科幻小說迷，最喜歡看科幻小說和漫畫，也喜歡租所有跟外星人有關的錄影帶來看。

不過，當我得坐在那兒聽爸媽談論他們的工作時，不禁覺得自己也像個外星人似的，我的意思是，我一點也聽不懂他們講的東西。

「嘿，老爸、老媽。」我想要加入他們的對話，「你們知道嗎？今天我長了一條尾巴。」

爸媽根本沒聽見，只顧著爭論有關形態學的東西。

「其實，我是長了兩條尾巴。」我再次大聲說。

他們始終沒搭理我。老爸還攤開紙巾，在上頭畫了一些圖表。

我覺得無聊透了，從餐桌下踢了賽門一腳。

這句英文怎麼說

你們看看賽門的傑作！
Look what Simon made me do!

「唉喲！別亂踢我，山米！」他大叫著回踢了我一腳。

我又踢他一下。

老爸繼續在紙巾上寫滿數字，老媽則斜眼看著他畫的圖表。

賽門又回踢我一腳，這一下實在太用力了。

「哇！」我尖叫著，雙手一揮，正好把眼前的盤子整個往上甩。

啪嗒一聲！餐盤應聲掉到我的腿上。

只見一整盤義大利肉醬麵和所有菜豆灑落在我的牛仔褲上。

「你們看看賽門的傑作！」我出聲大喊。

「是你先動腳的！」賽門也不甘示弱的高聲反駁。

老媽抬起頭來瞥了一眼。我想，至少引起她的注意，而且說不定這次賽門要倒大楣了。他向來是個乖乖牌，從沒挨罵過呢！

媽媽的眼光從我身上轉移到賽門的身上。「賽門……」她就要開始數落了。好戲要開演了！

我心裡暗暗竊喜。

賽門這下可糟了！

「幫你笨手笨腳的哥哥收拾乾淨，」媽媽說，又轉頭看著地板，指著那堆義大利肉醬麵。「別忘了把地上拖乾淨。」說完拿起爸爸手中的筆，在他寫的數字旁加寫了一堆數字。

賽門想要幫我清理，但我把他推開，自己動手了。

你問我是不是很火大？你說呢？

好吧、好吧，或許打翻義大利肉醬麵並不是賽門的錯，可是我們家從來也沒有任何一件事是賽門的錯。

為什麼呢？

我剛說過了，賽門是個乖寶寶，他絕不會等到最後一分鐘才寫功課，也從來不需要別人提醒他把髒衣服扔到洗衣籃裡、把房間的垃圾提出來、進屋前把腳擦乾淨。

這算哪門子的小孩呢？

簡直就是突變種——如果你問我的看法的話。

「賽門是個突變種。」我一邊用餐巾擦掉腿上的義大利麵，一邊喃喃自語。

「我弟弟是突變種。」我笑了。我喜歡這句詞兒，這可以拍成一部不錯的科幻電影。

我把髒紙巾扔到垃圾桶裡，又坐回餐椅上。

至少現在不必吃完所有的菜豆。

我心裡想著，眼睛看著空空的盤子。但我的估算錯誤——

「山米，把盤子給我，我幫你再盛一些。」媽媽站了起來，拿走我的餐盤，一個沒留意，竟踩到地上的義大利麵，滑了一跤。

糟了！

我看著她的身體失去平衡，一路滑進廚房裡，忍不住笑了出來。她一路滑倒的模樣實在很有趣。

「是誰在笑？」媽媽轉身面對我們。「是你嗎？賽門。」

「當然不是。」賽門回答。

「當然不」是賽門的口頭禪。

這句英文怎麼說

賽門是個突變種。
Simon is a mutant.

賽門，你想看電視嗎？當然不要。想去打球嗎？當然不想。要聽笑話嗎？當然不要。

賽門是絕對不會嘲笑媽媽的，他只會做正經八百的事。

哦！賽門——這個正經八百的突變種。

媽媽轉身對著我長嘆了一口氣。她盛了麵，端著盤子回到餐桌上。盤子上的菜豆比剛剛更多，這可眞是棒透了！

消失！消失！我盯著那些菜豆悄悄的念咒語。

上星期我看了一個故事，它是講一個小孩用念力把東西變不見，而我想如法炮製一番。只是一點也沒效。

「眞希望星期六趕快來。」我邊說邊把菜豆藏在麵條下。

「爲什麼？」賽門是唯一有反應的人。

「我要去看『校園幽靈』（School Spirit）。」我說。

「愛校精神？」爸爸從餐巾紙上的圖表抬起頭來看著我們說，「愛校精神眞是太棒了！是誰有愛校精神呢？」他露出興趣盎然的眼神。

這句英文怎麼說

真希望星期六趕快來。
I can't wait for Saturday to come.

「誰也不是，爸爸。『校園幽靈』是一部新上映的電影，講一個鬼魂在一所寄宿學校出沒的故事，」我解釋著，「我星期六要去看這部電影。」

爸爸放下手中的鉛筆，「山米，我希望你多花點心思在『眞實存在』的科學上。我認爲眞實的科學，要比你喜歡的那些幻想事物來得更加奇異特別。」

「但鬼魂確實是眞實存在的，爸爸。」

「你爸和我都是科學家，山米，」媽媽說，「我們不相信那些鬼魂之類的事。」

「可是你們的看法是錯的。如果鬼魂眞的不存在，那爲什麼數百年來有這麼多的鬼故事呢？」我繼續對他們說：「更何況這部電影並不是虛構的，它是一個眞實故事。影片裡有好多個小孩接受訪問，他們發誓在學校看過鬼！」

媽媽不以爲然的搖著頭。

「你最近在學校學些什麼玩意兒？賽門，有看見鬼嗎？」爸爸乾笑道。

「當然沒有。」賽門回答，「我這個星期開始做科學研究作業了，題目是『我們能長多快？』，我準備研究自己六個月，再把身體每一部分的生長情形做出生長曲線圖。」

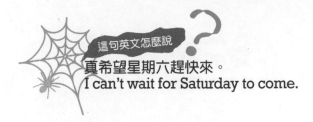

「眞是太好了。」媽媽說。

「非常有創意！」爸爸也很高興。「如果需要我們幫忙的話，儘管問。」

「噢，天啊！」我咕噥著，翻了翻白眼說：「我可以離席了嗎？」

我推開椅子，又說：「羅珊要來做數學作業。」

羅珊．強生和我是七年級的同班同學。我們喜歡互相競爭，不過只是鬧著玩而已。

至少我是這樣想的。有時候，我並不確定羅珊的想法。

總之，她是我要好的朋友之一，也喜歡科幻小說，我們打算一起去看「校園幽靈」。

我上樓去找數學本子。

當我打開房門，走了進去，一看見眼前的景象，不禁失聲驚呼！

這句英文怎麼說

總之，她是我要好的朋友之一。

Anyway, she's one of my best friends.

2.

只見一大堆寫作業的報告紙撒得滿地都是。

雖說我不是世界上最愛整潔的小孩，但也不至於隨便把功課亂丟在地板上。我平常是不會這麼做的。嗯……至少今天沒有這麼做。

布魯特斯——我那隻橘色的貓——就坐在這堆爛攤子的中央，頭埋在作業紙底下。

「布魯特斯……這是你做的好事嗎？」我生氣的問。

布魯特斯突然抬起頭，看了我一眼，便飛快的鑽進床底下躲起來。

咦？這就奇怪了。布魯特斯看起來像是眞的嚇到了，但這未免太不尋常了。

布魯特斯從來不曾因爲害怕任何事物而躲起來的。不蓋你，牠可是這附近最

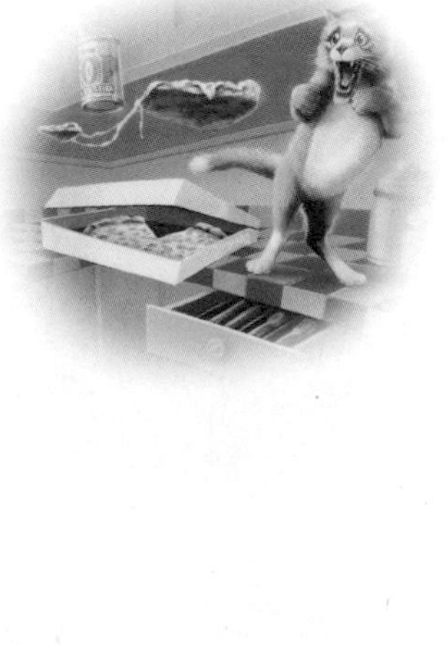

兇悍的貓，整個街區的小孩少說都被牠抓傷過一次。

我看看窗戶，居然是開著的，淺藍色的窗簾隨著微風款擺。

我從地上撿起作業紙，心想或許是風把作業紙從書桌上吹到了地板上。

等等，還是有點不對勁。

我凝視著窗戶。

眞想發誓我記得窗戶明明是關上的，但是我不能，畢竟此刻窗戶正大剌剌的敞開著。

「你在看什麼？」羅珊邊問，邊走進我的房間。

「這裡有怪事發生，」我告訴她，順便把窗戶關上。「吃晚飯前，我把窗戶關上了，現在卻是開著的。」

「一定是你媽打開的，」她說，「這有什麼好大驚小怪的呢？只不過是一扇窗戶打開了。」

「的確沒什麼大不了的，」我回答，「可是我媽並沒有上來開窗，也不可能是我爸和賽門，我們都在樓下吃晚餐。」

這句英文怎麼說

他鐵定是在做科學研究作業。
He must be working on his science project.

我百思不解的搖著頭。

「我記得很清楚，我把窗戶關上了，只有布魯特斯留在房裡，而且『牠』並沒有開窗。」

我探頭看看床下，布魯特斯緊靠著我的布鞋，身軀顫抖著。

「來吧，布魯特斯，快出來！」我輕聲催促牠，「別害怕，我知道她挺嚇人的，但也不過是羅珊罷了。」

「眞好笑，山米。」羅珊瞪了我一眼說：「讓我跟你說眞正可怕的，你弟弟才眞是恐怖。」

「怎麼說？」我問。

「我上樓時看到他，你知道他在做什麼？」

「不知道。」

「他正躺在客廳地板上一張很大的厚紙板上、沿著身體畫他自己的曲線。」羅珊回答。

我聳聳肩說：「他鐵定是在做科學研究作業，他要研究自己！」

「你弟弟實在有夠嚇人，」她說，「不過還有比他更嚇人的，好比你今天賽跑的樣子，那可眞是太驚人了，我想世界上沒有人能跑得那麼、那麼慢！」

羅珊今天在學校賽跑時贏了我，她說這些話是想確定我還沒忘記。

「妳會贏只有『一個』原因。」我不讓她得逞。

「那是『一個』什麼原因呢？」她學我的口氣說。

我滑進床底下把貓抓出來，乘機拖延時間，以想出一個好的理由。

「妳之所以會贏是因爲——我讓妳的！」我終於說了。

「才怪呢！山米。」羅珊雙臂橫抱在胸前，不服氣的說。

「一點都不怪，我眞的是讓妳的。」我絲毫不退讓。

羅珊氣得雙頰漲紅，我看得出來她快氣炸了。

逗羅珊生氣挺好玩的。

「是我讓妳贏的，因爲我希望幫妳建立信心，好應付學校的奧林匹克賽。」

我還是不放過她。

哇！這下子羅珊更要抓狂了。她最討厭接受別人的幫助，始終認爲自己樣樣精通、超優秀的，什麼都難不倒她。
我們學校將和其他學校進行一場小型的奧林匹克賽，羅珊和我都是校隊隊員，去年就加入了。這一年來，羅珊每天勤練跑步，以保住校隊最佳隊員的地位。
不過，去年的比賽我們輸了。

這句英文怎麼說？
我想那是我的錯。
I guess it was my fault.

我想那是我的錯，一部相機的強烈閃光照到我的眼睛，害我不小心摔跤了。
「今天的比賽很公正，山米，你自己心裡有數。」羅珊氣沖沖的反駁，「而且下個星期你最好別再摔倒，免得又害我們輸了奧林匹克賽。」
「去年會輸並不是我的錯！」我高聲辯解。
但羅珊打斷我的話。「布魯特斯怎麼啦？」她的視線越過我的肩膀，凝視著前方說道。
我轉身看見布魯特斯坐在角落裡，身體縮成一團。
「我不知道，牠今天有點古怪！」我說。
「是啊，牠到目前爲止還沒抓我，實在是……『乖巧』。」
布魯特斯站起來，牠望著窗戶，慢慢的拱起背。

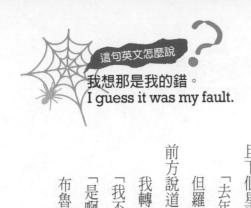

接著，牠轉身面對牆壁坐著。這實在是很詭異。

「你想我們學期報告要做什麼題目呢？」羅珊說著，接著往我床上碰的一聲坐下來。

我們下個月要交英文學期報告。史達林老師要我們兩人一組寫報告，她說這樣能讓我們學習團隊合作精神。

「我有個很棒的主意，」我說，「妳覺得寫一篇關於植物的報告怎樣？比方它們需要多少水份之類的問題。」

「這真是個很棒的主意，」羅珊回答，「假如你還在念幼稚園的話。」

「好吧、好吧，讓我想想。」我站起身，在房裡踱步。「我想到了！妳覺得做關於蛾的生命周期如何？我們可以抓些蛾來觀察牠們能活多久。」

羅珊盯著我看，小心翼翼的點著頭說：「我覺得……這真是個笨主意。」

這算哪門子的團隊合作精神呀！

「好……」我雙手橫抱在胸前說，「那妳自己想想看要怎麼做吧！」

「我早就想好了，」羅珊得意的說，「我們應該做一份有關鬼屋的報告。我

這句英文怎麼說

別浪費時間了！
Don't waste your time!

們米德爾敦市就有一間鬼屋，在大學對面、靠近樹林的地方。我打賭我們一定能發現眞的鬼住在裡面。」

「米德爾敦市沒有鬼屋，」我說，「我知道所有的鬼屋，而這附近一間鬼屋也沒有。」

「樹林旁的那間房子眞的鬧過鬼，」羅珊堅持說道，「我們應該用它做主題來寫報告。我來採訪鬼、做筆記，你的任務則是攝影。」

羅珊從不退讓，這正是我喜歡她的原因。可是有時候，這也是我討厭她的地方，就像現在。

「別浪費時間了，羅珊。我可以算是個鬼魂專家，那房子不鬧鬼的。」我想要說服她，結果適得其反。

「你就是不肯一起去拍，想靠自己來採訪鬼、做報告。」她激動的指控我。

我嘆了一口氣。

「但不管怎樣，要採訪鬼屋是我先想出來的，所以我有權先做選擇，」羅珊說，「如果我們眞的發現鬼的話，史達林老師會很興奮的。說不定我們還能得個獎……」

「我們是不可能在這個鎮上發現任何鬼的。」我搖著頭說，「這裡實在是很無聊的地方，從來沒發生過令人興奮的大事……」

我突然住口了，因爲……房裡忽然湧進一陣陣低沉而充滿幽怨的聲音。

羅珊立刻從床上跳開，走過來靠著我。

我們慢慢的轉身，往聲音的方向望去。那聲音是從走廊上傳來的。

「那……那是什麼？」羅珊顫抖著聲音，伸手指向門口。

我們一臉驚懼的盯著房門，只見一叢令人毛骨悚然的強光出現在門外，那詭異的白光閃耀著。

我們倒退一步。

白光越來越強，越來越近，終於佔據了整個門檻。

我屏住氣息，幾乎無法呼吸。

「山米……那是什麼？」羅珊抖著聲音問。

我看著那一大叢奇怪的白光，緩緩的朝我們的方向滾動、閃爍、延伸。

這句英文怎麼說

我還以為沒有任何東西能嚇倒那隻貓呢！
I didn't think anything could scare that cat!

3.

我們不停的往後退，直到背部抵靠在牆上。

那光越來越強，越來越亮，刺得我們什麼也看不見。

接下來又一聲嘆息聲飄向我們，我忍不住叫了出來。

「有……鬼！」我大叫道，「不對啊，是……爸爸？」

爸爸走進房裡，手裡拿著一盞很亮的燈。

「剛才那一幕恐怕是你們所能找到最像鬼的經驗了。」爸爸笑著說。

我狂亂的心跳總算慢慢緩和下來。

布魯特斯尖叫一聲，飛也似的奔出我的房間。

「啊……我還以為沒有任何東西能嚇到那隻貓呢！」爸爸又咯咯的笑了。

媽媽也突然走進來。

「你說要把鐳射燈帶回家裡修理，可不是要拿來嚇壞孩子們的。」媽媽數落著爸爸。

「別太認真啦！我不過是開開玩笑罷了。」爸爸轉向我們說，「你們也覺得好玩，對吧？」

「可不是嗎……太好玩了，爸爸。」我邊說邊翻白眼，「這可是你開過最有趣的玩笑了，真是太震撼人心了。」

「我早就知道那是鐳射光。」羅珊走回床邊坐了下來，裝出一副很酷的樣子。「只是我看到山米嚇得半死，也就跟著一塊演戲啦！真是高招啊！賈科先生，我們真把山米給騙倒了。」

「我們」真把山米給騙倒了！「我們」？

我真想勒羅珊的脖子。有時候我真的很討厭她，簡直恨死她了。

賽門抱著布魯特斯走進房裡，他說：「你的蠢貓闖進我正在畫的曲線圖形工程，毀了我的傑作，害我必須重新來過。」

這句英文怎麼說

我知道可以用它來做什麼了。
I know what we can use it for.

賽門把布魯特斯放在地板上。他看見爸爸手裡的燈，又看看我。

「山米可沒被那個燈把戲給騙了吧？」他問。

「你怎麼不去看看你的腳趾頭長了多少呢！」我惱怒的對著他大吼。

「他沒有，這是另一種不同的燈把戲。」爸爸咯咯笑道。

媽媽清了清喉嚨，暗示爸爸別再說了。

「賽門，說真的，這個燈叫做分子偵測燈。」爸爸想裝出很嚴肅的模樣。

「來……你瞧瞧。」他把燈交給賽門。

那個燈看起來就像一般的閃光燈，但又有些不同。一般的閃光燈不會發出那種幽幽閃爍、又亮又白到令人眼盲的強光。

「這燈有什麼用途嗎？」賽門仔細研究著鑄在燈外的銀色外殼。

「它有點像X光，」爸爸解釋著，「如果把它對著空氣照，可以看到各式各樣的小昆蟲和一些肉眼看不見的東西。」

「我知道可以用它來做什麼了。」賽門把燈對著我，慢條斯理的說：「我們可以用它來找山米的腦袋！」

大家都笑了，就連媽媽也露出笑意。

「嘿，好一個大笑話！」羅珊拍拍賽門的背說，「這可是頭一回聽到你講笑話。」

「我可不是在說笑。」賽門淡淡的說。

這會兒又讓大夥笑得更開心了。

「出去！」我大聲嚷著。「我要你們都出去！」

爸爸、媽媽和賽門笑著走了出去。

「那我們的作業呢？」羅珊問，「我們不是要一起做功課嗎？」

「我不想做了。」我不高興的說。

「好吧、好吧！」羅珊邊走出房間邊說，「你不需要做功課，我可是一定得做。史達林老師說明天輪到我到黑板上做習題，我得把數學方程式給弄對。」

於是，羅珊回家寫功課去了。

我也打開數學簿打算寫功課。只是眼睛盯著數字，卻始終無法專心。

最後我決定明天早點起床，一大早把作業趕完。

這句英文怎麼說

我要你們都出去！
I want you all to leave!

我從書桌前站起來，準備換衣服去睡覺。當我走向房間的另一頭，卻猛然絆到了房間中央的一個東西。

「嘿……那是什麼？」

我滾到一旁，看著地板。

「咦？奇怪了……」

什麼東西也沒有啊！

4.

我盯著地板看，不解的搖了搖頭。

我絆到了……空氣嗎？

還好羅珊沒看見，不然又得被她嘲弄一番——「你在練習……跌倒，好保證我們下星期的比賽會輸嗎？山米。」

我上了床，把枕頭放好，拿起一本還沒看完的鬼故事書。我看著某一頁，但是眼前一片模糊。

我闔上書，漸漸睡著了。一整個晚上我翻來覆去，半睡半醒，睡得很不安穩。我起來拍鬆枕頭，又把棉被蓋住頭，才慢慢的又睡著了，直到被一個聲音吵醒。

啪嗒啪嗒……窗簾布被晚風吹得啪啪作響。

這句英文怎麼說

你昨晚很晚才睡嗎？
Did you get to bed late last night?

我坐起來，揉揉眼睛後，瞪著窗戶看。

那扇窗戶又「打開了」！

我猛地跳下床，用力關上窗。

是誰把窗戶打開了？到底是誰？窗戶有可能自己打開嗎？

不可能的！一定是賽門……不會的，賽門不開玩笑，他總是正經八百的。

我爬回床上，盯著窗戶看著、等待著，等著看窗戶自己打開。

可是我的眼皮又沉又重，不久又睡著了。

隔天早晨，我睡晚了。以往布魯特斯總會叫醒我，可是今天卻沒有。

我坐起身子，愣愣的看著窗戶——窗戶是關著的。

再看看椅子，布魯特斯也不在。

我七手八腳的匆忙穿好衣服，在關上房門之前，飛快的照了照鏡子。鏡子裡的我看起來一副睡眠不足的樣子。

「山米，你看起來好憔悴。」媽媽說，「你昨晚很晚才睡嗎？」

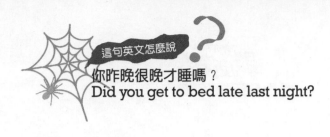

我無精打采的坐下。爸爸在餐桌的另一頭看報紙。

「不晚啊！」我回答。

爸爸從報紙後探出頭來看了我一眼。

「你看太多鬼故事了，山米。如果你多看些科學書籍，就會睡得好些。」

說完，他又繼續看他的報紙了。

媽媽倒了些穀片到我的碗裡。我才吃了一口，就聽見賽門在叫我。

「山米……快上來啊！」他在自己的房裡喊著。「我需要你的幫忙。」

我不理會他，又吃了一口。

「山米！」這回他尖叫道。

「山米，去看看你弟弟要什麼。」媽媽下達命令。

「山米！山米——」

「怎麼回事？」我不耐煩的大叫著，走進他的房間。「你究竟有什麼問題？」

「那個！」他說著指向床上。「那就是我的問題。」

只見布魯特斯蜷縮成一團窩在賽門床上。

這句英文怎麼說

你怎麼這麼快就吃完穀片了？
How did you finish your cereal so fast?

「牠昨晚睡在這裡，」賽門說，「我沒辦法叫牠出去，牠不肯動。」

「牠昨晚睡在這兒？」

我簡直不敢相信。牠一向是睡在我房間的，一直都是。

「沒錯，牠昨晚睡在這兒。」賽門又說，「現在你得把牠弄出去！」

「這有什麼好大驚小怪的？讓牠留下來不就得了。」我轉身打算離開。

「等等！」賽門繼續嚷嚷著，「牠不能留在這兒，絕對不行！」

「爲什麼不行？」我疑惑的問著。

「因爲我要摺棉被、鋪床。」賽門回答。

我不禁注視著我的弟弟，說道：「你究竟是從哪個星球來的啊？」

「山米，」賽門埋怨道，「媽媽說我必須鋪床。」

「你就把牠蓋住鋪床，媽媽不會看到隆起的一團的。」

不一會兒，我回到廚房，坐下來要繼續吃早餐。

媽媽的視線越過我的肩膀，說：「你怎麼這麼快就吃完穀片了？」

「啊？」我盯著自己的早餐，碗裡竟然全部一掃而空！

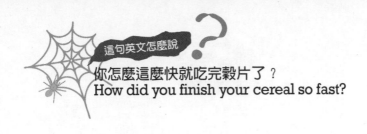

5.

「有人……有人吃了我的穀片！」我結結巴巴的說。

「你說的沒錯，」媽媽驚呼一聲。「那鐵定是鬼！」

爸爸和媽媽都笑了。

我瞪著空空的碗……和湯匙。

「不信你們看！」我喊著。「的確有人吃了我的穀片，我可以證明！這根湯匙……是放在碗的左邊，而我總是放在碗的右邊……我是右撇子。你們看見了嗎？」

我指著湯匙，指著證據。

「別開玩笑了，山米，你上學要遲到了。」接著，媽媽對爸爸說：「我們也

這句英文怎麼說

你真的看太多鬼故事了。
You're reading too many ghost stories.

該走了。」

「是你吃的嗎？」我問爸爸，他正提起公事包。「是你吃了我的穀片嗎？是你移動湯匙的嗎？你在跟我開玩笑嗎？」

「你真的看太多鬼故事了，」爸爸說，「真的是看得太多、太多了。」之後他和媽媽便匆匆忙忙的趕去上班。

有好幾分鐘，我呆呆坐在廚房的餐桌前瞪著那個空碗。

有人吃了我的穀片，我沒有發瘋。

我自言自語著。

有人吃了我的穀片……

到底是誰呢？

「山米……」

嗯？

「山米，你要告訴大家外面有什麼有趣的事嗎？」史達林老師兩手抱胸，等著我回答。有幾個同學吃吃的笑著。

我一直看著教室外頭，想著……我房間被打開的窗戶，還有那碗不翼而飛的穀片。

「唔……沒有……我沒看見什麼啊！」我說，「我是說……我並沒有在看什麼東西。」這下子有更多同學發出吃吃的笑聲了。

「山米，請你到黑板這邊來，教教班上同學如何完成這個方程式。」

「可是，不是輪到羅珊嗎？」我脫口說出。「我是說，今天不是該由羅珊來教班上同學嗎？」

「山米，請出來。」史達林老師拿著粉筆輕敲著黑板。「趕快。」

我看了羅珊一眼，她只是聳了聳肩。

這下可慘了！我昨晚沒完成數學作業，今天早上也沒寫，因爲布魯特斯沒準時叫我起床。

我走到教室前面，一路上太陽穴猛力的跳動著。我慢慢走，瞪著方程式，希望能在走到黑板前想出解題的方法。

但我這會兒一點主意也沒有，腦子一片空白。

史達林老師遞給我一支粉筆，全班鴉雀無聲。我努力盯著黑板上的數字，手掌心開始冒汗。

「大聲讀方程式。」史達林老師很和氣的建議道，我感覺得到她已漸漸不耐煩了。

我大聲讀方程式，卻沒什麼幫助。接著舉起粉筆，儘管我還是不知道解題的方法。

我再次努力盯著黑板上的數字，背後不斷傳來同學們煩躁的在座位上挪動的嘈雜聲。

我把粉筆舉到黑板上……接著倒吸了一口氣。

有一個東西抓緊我的手，一個冷冷的、潮濕的東西……

我的雙膝顫抖起來，一股熱氣衝向我的臉。我想要往後退，可是卻動彈不得。

有東西緊緊的握住了我的手指，而且越來越緊，緊到會痛。

吹到我臉上的呼吸也越來越急促……快速的喘息刺痛了我的臉頰。

這句英文怎麼說

大聲讀方程式。

Read the equation out loud.

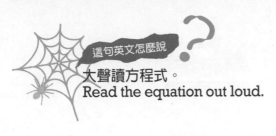

我想要甩開，手卻在黑板上移動起來。

我的手在移動……並且開始寫字。

有人幫忙我寫字！

有人握住我的手不停移動著，正在解方程式！

一個我看不見的人……

6.

我猛力把手抽回來，死命的甩開那看不見、僵硬的握力。

接著猛然將粉筆一丟，放聲大叫、沒命似的狂奔出教室。

我跑到走廊上，把背緊緊靠在教室外的牆壁上。我的雙手不停顫抖，雙膝也不聽使喚的發著抖。

我仍感覺得到那冰冷、像鬼魂似的手指頭，緊緊的包夾著我的手。

之後，我聽見教室裡羅珊自願到黑板上完成方程式。

「山米，」史達林老師到走廊上來看看我。「發生了什麼事？你不舒服嗎？要不要去醫務室？」

「我……我沒生病。」我脫口而出。

這句英文怎麼說？

我猛力把手抽回來。
I yanked my hand back.

我不想解釋剛剛發生的事。況且我也無法解釋，甚至不想開口解釋。

「你確定不想去醫務室嗎？你看起來很不舒服的樣子。」史達林老師摸摸我的額頭。

「我不想去，我沒事。」我撒謊道：「我……我只是有點頭暈，因爲今天早上沒吃早餐。」

史達林老師相信了我的話，她讓我到午餐室吃點東西。

當我走向午餐室時，依然覺得那僵硬的手指頭緊緊的箍住我的手指。

還有那股吹在我臉上的熱氣，以及那冰冷的力道抓著我的手在黑板上移動。它導引著我的手，替我寫下數字。

我不禁渾身發冷，直打哆嗦。

也許爸爸是對的，我「眞的」看太多鬼故事了。

放學後我自己走路回家，我想獨自一個人好好的想一想。

我聽見背後傳來一陣腳步聲，有人沿著人行道上朝我跑過來。

這句英文怎麼說

我的數學很拿手。
I'm really good at math.

「山米……等等我！」羅珊喊道。

「山米！」羅珊趕上我，她上氣不接下氣的說：「你今天怎麼了？」

「沒事啊。」

「一定有事，」她堅持道，「上數學課時你一定發生了什麼事。」

「我不想提。」我說。

「我的數學很拿手，」她自鳴得意的說，「我很願意幫你……如果你有什麼不懂的話。」

「我——不——需要——幫忙。」我咬著牙，怒氣沖沖的回答。

我加快腳步往前走，但是羅珊緊跟著。我們沒有說話。最後，羅珊打破僵局。

「這星期六我們一起去那間鬼屋做英文研究報告，好嗎？」

「再說吧！我現在得回家去了，晚點再打電話跟妳討論。」

我跑了起來，把羅珊拋在後頭，她站在人行道上疑惑的看著我。

我想要趕快回家，想要好好想想所有發生的事。

我想要好好想想所有發生的事——自己一個人想。

當我走進家門時，心裡還狐疑著房間的窗戶不知道怎樣了？會是打開的嗎？

今天早晨我離開前特別留意它是關著的，可是那並不能保證什麼。

就在我要上樓時，廚房裡傳來布魯特斯尖銳的喵喵叫聲。我不禁停下腳步，牠想出去時總是會像那樣叫著。

「好啦、好啦！我來了。」

布魯特斯哀號起來。

「小聲點，布魯特斯，我不是說過我就來……」

我在廚房門口停住腳步，只見布魯特斯……在一張椅子上拱背蹲伏著，牠的毛髮直豎、齜牙咧嘴，而且發出恐嚇的嘶嘶聲。

當我往牠凝視的方向望去……不禁失聲尖叫。

餐桌上有一大盒披薩，其中一片披薩從餐盤上自動浮起。

我震驚的望著那片披薩越浮越高。

「是誰……誰在那兒？」我大喊道，「我知道有人在裝神弄鬼！你到底是誰？」

這句英文怎麼說

告訴我你是誰！

Tell me who you are!

7.

「你是誰？」我再問一遍。

依舊沒有回應。

我愕然的盯著那片披薩，它在空中浮動，並看著它一口一口被吃掉。

「告訴我你是誰！」我再度大喊。「你真的嚇到我了！」

那片浮動的披薩一口又一口的消失了。

「這不可能是眞的。」我喃喃說著。

接著我閉上眼睛跟自己說：當我打開眼睛時，將發現剛才發生的事只是自己的幻想，並答應自己再也不看鬼故事了，也不看科幻電影。

然而，又一口披薩消失了。

於是我又閉上眼睛，再次打開時——

整片披薩不見了！

我長嘆一聲，不禁鬆了口氣。

過了好一會兒，我才弄明白那片披薩是已經被吃掉了。

「你究竟是誰？」我又問，「快告訴我，不然我會……」

「山米，你在跟誰說話？」媽媽站在廚房門前看著我。

「有人在這兒！」我大叫著，「有人吃了披薩！」

「我看到啦！」媽媽說，「我看見某人在晚餐前偷吃了半個披薩。山米，你明明知道不許在晚餐前吃東西的。」

「不是我！我沒吃披薩！」我氣急敗壞的辯解。

「當然不是你囉！」媽媽說，「是早上那個鬼……對吧？那個吃了你的穀片的鬼。山米，拜託你正經點，我跟你說過多少次了，晚餐前不准吃點心，你已經夠大了，應該更懂事些。」

「可是，媽媽……」

「沒什麼可是不可是的！我要你上樓，在吃飯前把你的房間好好整理乾淨，」她嚴正的下達命令，「你早上出門前弄得一團糟，請你把髒衣服扔到洗衣籃裡，還要鋪床。」

「可是都過半天了，沒道理還要鋪床呀！」我爭辯著。

「山……米！」媽媽瞇著眼，厲聲說道。她生氣的時候會瞇起眼睛，而現在她的眼睛眞的很瞇。「快去！」

媽媽打開冰箱拿出飲料。

我轉身離開廚房，突然站住不動。

就在媽媽背後，布魯特斯從椅子上浮了起來——牠浮在半空中，越來越高。牠的毛髮豎立，往下看著地面，發出一聲尖叫後，伸展爪子準備向下跳……

「媽媽，快看！」我大叫，「快看布魯特斯！」

媽媽一轉身……可惜太遲了，布魯特斯已經穩穩的跳回椅子上。

這下子媽媽的眼睛瞇得更緊了。

「馬上上樓回你房間去，山米！」

這句英文怎麼說

媽媽打開冰箱拿出飲料。

Mom opened the refrigerator to get a drink.

我還能說什麼呢？

於是我離開廚房，上樓回到房間，才一開門就禁不住發出一聲驚呼。

我的房間……我的房間簡直就像垃圾堆，好幾個穀片盒散放在床上，沾著油漬的食物盒及壓扁的果汁包胡亂丟在書桌、衣櫃、椅子上，放眼望去，到處是一團亂。

我踏進房內，只聽到一聲清脆的破碎聲，再往下一看，忍不住發出一聲呻吟，只見果糖、穀片和玉米球灑滿了整個地板。

「是誰？」我驚慌不已，只能大聲呼叫：「是誰搗亂了我的房間？」

我洩氣的倒在床上，猛然發現有東西黏在褲子上。

「哎呀，噁心死了！」我咕噥著，「是花生醬和果醬。」

我把毯子拉過來，希望有塊乾淨的地方可以坐下，卻發現一堆昨天晚餐剩下的義大利麵和幾隻吃了一半的雞腿。

「誰會做這種事呢？」我搖搖頭。「到底是誰？」

賽門的房間也是如此嗎？

這句英文怎麼說

是誰搗亂了我的房間？
Who trashed my room?

我不禁狐疑起來。

還有爸媽的房間呢？

我決定跑去看一看。

然而，賽門的房間一塵不染，爸媽的房間也非常乾淨。

我走回房間，卻猛然停住腳步。

「山米！」媽媽雙手插腰，氣得整張臉都漲紅了。「你到底在搞什麼鬼？」

8.

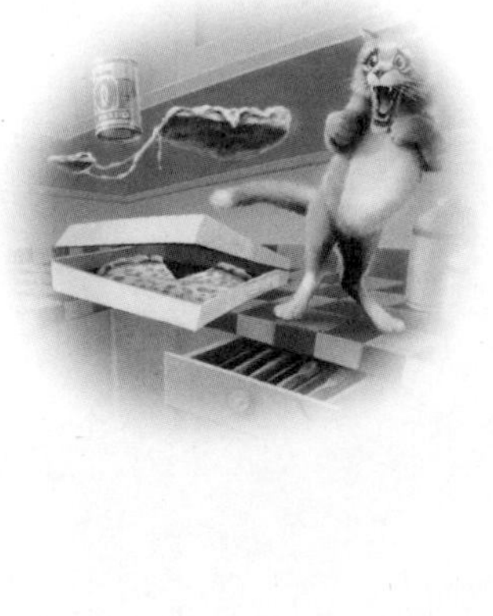

「我……不是我，媽媽……」我百口莫辯，只能連聲否認。「不是我把房間弄成這麼亂的！」

「別再狡辯了，」媽媽嘆了口氣，「如果不是你做的，會是誰呢？你沒做，你爸爸也沒做，賽門也沒做，山米……你說說看，還會有誰呢？」

「說不定是賽門。」我不知道該說什麼，可是話一出口，就知道自己踩到地雷了。

「你搞亂自己的房間，又想把錯推給你弟弟！山米……我眞不懂你怎麼會變成這樣！要是你沒把房間清得一乾二淨，就不准下樓。你爸和我會商量怎麼處置你。」

媽媽轉身離開時，又加了一句：「也不准下樓吃飯，你已經吃得夠多了！」
我站在房間中央，聽著媽媽遠離的腳步聲。
「我要怎麼清理這片混亂呢？」我喃喃說著，「這至少得花一年功夫才清得乾淨啊！」
「我會幫你的。」
「是誰在說話？」
我轉了一圈，面對著門口。沒人在那兒呀！
「快點啊！山米……」一個男孩的聲音催促著，「我們得趕緊動手，否則永遠也沒辦法清乾淨的。」
我無法置信的看著穀片盒從床上浮起來，接著自己丟進垃圾桶裡。
「你是誰？」我再次高聲問道，「怎麼會知道我的名字？」
又一盒穀片開始浮升，緊接著又一盒……它們統統把自己丟進垃圾桶裡。
我等著那個男孩的回答，但他並沒有說話。
我盯著最後一個盒子，等著看它升起，可是那個盒子一動也不動。

這句英文怎麼說

如果不是你做的，會是誰呢？
If you didn't do it, who did?

「你在哪裡？」我輕聲說道。

還是沒有回答。

我掃視整個房間，尋找他的蹤跡。他跑到哪兒去了？

我聽到沙沙聲，連忙轉身查看。

只見我的枕頭盤旋在空中，我眼睜睜看著枕頭套被脫了下來——它自己脫下來了。

「你乾淨的床單在哪裡？山米，你實在應該每天鋪床的，就像賽門那樣。」

「你怎麼認識我的？」我不禁提高了聲調。「怎麼知道我的名字？你是誰？」

「冷靜點，」那個男孩說，「沒什麼好緊張的。我是昨晚來到這兒的，我從羅珊那兒知道你的名字。」

「你……你認識羅珊？」我氣急敗壞的問道。

「不，我不認識羅珊，只是昨晚聽到她叫你的名字，」他解釋著，「就在她來找你做功課的時候。」

「你……究竟是……什麼啊？」我字字斟酌的問，並等著那男孩的回答，心

這句英文怎麼說

你怎麼知道我的名字？
How do you know my name?

臟猛烈跳動著，而且越跳越快。只是他依舊沒有回答。

「你究竟是什麼？」我大聲喊道，「快告訴我！你究竟是什麼？你是……『鬼』嗎？」

9.

「鬼!?」

那男孩發出一串笑聲，接著問：「你不相信有鬼……不是嗎？」

「不信，當然不信，」我賭氣的大叫，「我不相信有鬼，只相信有隱形的小孩！」

「好吧、好吧，我懂了，」他說，「不是……我不是鬼，我是活生生的。」

冷不防的，一陣嘈雜的摩擦聲破空傳來。

我嚇得跳了起來，隨即看見書桌前的椅子慢慢往後移。

「你不介意我坐下吧！哇……這裡好熱。」昨天那本數學作業簿忽然從我眼前的書桌上浮了起來，開始搧動著。

這句英文怎麼說

我只想做你的朋友，山米。
I just want to be your friend, Sammy.

「是你一直打開我房間窗戶的嗎？」我追問道。

「嗯，這裡眞的好熱，你爲什麼把房間弄得這麼熱呢？」他問。

「別管窗戶了！」我說，「你要什麼？爲什麼會在這裡？是你弄亂我房間的嗎？」

「啊……我眞的把這兒弄得一團亂。我實在太餓了，抱歉，不過我會幫你清乾淨的。」男孩的聲音變得溫柔些，「我只想做你的朋友，山米。」

「太荒謬了！」我說，「我怎麼可能做你的朋友呢？我根本看不見你，你是個隱形人。」

「我了解，」男孩柔聲說著，語氣聽起來有點哀傷，「從我有記憶以來，我就是隱形的，那也是爲什麼我很難交到朋友的原因。」

「唔……你爸媽呢？」我問。

「我不知道，眞的不知道。我父母不知道爲了什麼原因丟下我，我也不知道他們上哪兒去了，只知道自己的名字，就只是這樣而已。我叫做布倫特．格林，今年十二歲。」

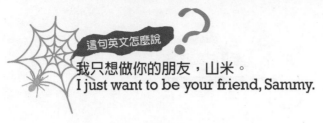

布倫特．格林——一個看不見的男孩在我的房間裡。

這實在教人難以想像。

我的意思是，我看過無數的科幻小說，而且眞的相信書裡面說的那些東西，可是一個看不見的男孩在我的房間裡？

呼——！

「布倫特，我不知道我們是不是可以成爲朋友，我是說……這未免太詭異了。」

「山米，你在跟誰說話？」賽門走進我的房間，東看看西看看的。「嘿，沒人在這裡啊！你在自言自語嗎？」

我轉身背對著書桌和椅子。

「是啊！我在自言自語。」

我不想讓賽門知道布倫特的事，至少不是現在。我想要再多了解他一些，想在告訴家人之前成爲隱形人專家！

「你瘋了，山米，你眞是有病！」賽門環視我的房間，「哎呀，你的房間可

這句英文怎麼說？

賽門從我床上撿起一根雞骨頭。

Simon picked up a chicken bone from my bed.

眞亂，你是怎麼回事？難怪媽媽會那麼生氣。這下子麻煩可大了，你等著大刑伺候吧！」

賽門從我床上撿起一根雞骨頭。

「呸！」他用兩根手指頭夾起骨頭，隨即讓骨頭掉回床上。「噁心死了！」

接著，他踮著腳、小心翼翼的走過佈滿穀片的地板，慢慢走向我的椅子——布倫特坐著的椅子。

「別坐那裡……」我想要開口警告賽門。

可是已經太遲了。

10.

我看著椅子從賽門底下飛開……自動的飛開！

賽門重重的跌落在地板上，而且不偏不倚，正好一屁股坐在一團葡萄果醬上，他驚訝得張大了嘴巴。

「你太過分了，山米！我要去告訴媽媽！」

「我又沒怎樣，」我趕緊爭辯道，「沒坐到椅子，是你自己的錯！」

賽門掙扎著站起來，快步走出我的房間。

「哈、哈！」布倫特笑著，「這把戲不壞吧？山米，我把椅子拉開了。」

賽門正在樓下告狀，告訴媽媽我做了一件天大的壞事。

我早就認命了，反正我之前就惹火了媽媽，再多這一狀也沒什麼差別。況且，

這句英文怎麼說

當隱形人是怎麼一回事？
What is it like to be invisible?

我必須承認，看著賽門跌倒的樣子還挺好玩的。

或許有個隱形人朋友也不會太奇怪。

我是說，應該會滿有趣的。

「布倫特，當隱形人是怎麼一回事？我指的是，你能穿牆或其他東西嗎？」我問道。

「不能，」布倫特回答，「我無法穿越任何東西。」

「那你……噢……有穿衣服嗎？」我遲疑的問。

布倫特笑了起來。

「別擔心，山米，我有穿衣服。」他重重的嘆了口氣。「其實，我只是個平凡的小孩，就像你一樣……只不過別人看不見我罷了。」

我就像你一樣……只不過別人看不見我罷了。

我突然萌生一個好主意。

「布倫特，你能把我變成隱形人嗎？只要一陣子就好，我想知道隱形的滋味。」

「我希望我有辦法，那會很好玩的，只可惜我不知道怎麼把人變成隱形人，很抱歉……」他歉疚的說著，「嘿！我們該收拾房間了，這裡還亂七八糟的呢！」

樓下大門門鈴響時，布倫特和我正好把房間清理乾淨。

我聽到媽媽打開門。

不一會兒，羅珊就抱著一堆書衝進我的房間。

她把書碰的一聲丟在地上，微笑著說：「嗨，山米，我來幫你寫功課，我把所有數學參考書籍都帶來了。」

「哇！太好了，妳來得正是時候！」我說。

羅珊又笑著說：「我知道你需要幫忙。」

「我並不是要妳幫忙。」我把她的書推到一旁。「我要妳見一個人……他叫布倫特，是個隱形的男孩，他現在就在這兒，在房間裡頭！」

羅珊的眼睛頓時睜得好大。

「一個隱形的男孩？」她輕聲說著。

「是啊！」我說，「他在這裡。」

這句英文怎麼說

我來幫你寫功課。
I came over to help you with your homework.

羅珊環視我的房間，忽然放聲尖叫——「我……我看見他了！」

「妳『眞的』看見了？」我問。

「是啊！」她指著我的書桌，又說了一遍：「我看見他了，他就站在那兒！」

11.

「妳看得見他？」我不禁發出一聲驚呼。

我面對書桌，瞇起眼睛努力注視著，卻什麼也沒看見。

羅珊得意的笑說：「哈，騙到你了！」

她往我背上重重一拍，我一個踉蹌，差點往前栽下去。

「我可不想玩這種愚蠢的遊戲，」她嘟囔著，「你到底要不要做數學呢？」

「可是……我不是開玩笑的，」我還想說服她，「我不是在跟妳鬧著玩。」

羅珊碰的一聲坐到我床上，發出一聲嘆息。

「我會證明給妳看，」我告訴她，「妳仔細看著。」

我環視著房間，想找出布倫特在哪兒。

這句英文怎麼說

你到底要不要做數學呢？
Do you want to do math or not?

「布倫特，你從地上撿起羅珊帶來的其中一本書，這樣她就會知道你在這裡了。」

我說完望向地板，心想羅珊看見這一幕時，鐵定會嚇呆的。

有好一會兒，我把視線停留在那堆書上，等著其中一本書浮起來。

但什麼也沒發生。

「拜託嘛，布倫特……」我央求著。

我從桌上拿起一枝鉛筆，伸出手說：「不然，你從我手裡拿走這枝鉛筆，讓它浮在半空中。」

可是依舊沒有任何動靜。

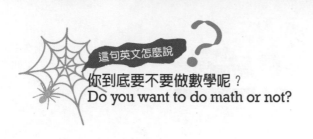

羅珊翻翻白眼，說：「拜託！山米，我沒時間陪你玩這種無聊透頂的把戲，更何況，這一點都不好笑！」

「布倫特？嘿……布倫特？」

沒用的，布倫特是不會乖乖合作的。

我只好快步走過去坐在椅子上，雙手往空中拋。「謝謝你啊，布倫特，真是感激不盡！」

「你準備開始做數學了嗎？」羅珊問。

「不，我還沒準備好。」我沒好氣的大吼。

「你不需要對我吼，」她也不甘示弱的說，「事實上……我來還有另一個原因。」她溜下床，開始收拾地板上的數學課本。

「我來，是想知道你星期六要不要一起去鬼屋。」

「我們不需要去鬼屋，」我大喊道，「只要待在這裡就可以寫一篇精彩的報告！就在我的房裡，我們可以寫一篇關於布倫特的報告。布倫特——隱形的小孩！」

「是啊、是啊……」羅珊從地板上抱起那一大堆書。「隱形的小孩！才怪！」

我不禁垂頭喪氣。

「聽著，山米，我們得開始進行了，這將會是班上最棒的報告，不……這將會是全校有史以來最棒的報告。」

「我們能夠明天再談論這個話題嗎？羅珊，我現在實在沒有興致。」

這句英文怎麼說

我現在實在沒有興致。
I'm really not in the mood right now.

我又累又餓，午餐過後就什麼都沒吃，而且我想繼續和布倫特聊天。

「不行，不能等到明天！」

我看得出來羅珊快要失去耐性了。

「我們現在就得開始計畫，不管怎樣，我星期六晚上一定要去那間『樹籬屋』。」

「什麼『樹籬屋』呀？」我問。

羅珊大聲嘆了口氣。

「『樹籬屋』就是那間鬼屋，那間靠近大學的房子，大家都這麼叫的。我讀了很多關於那間房子的故事。」

羅珊從她那堆書裡找出其中一本，說：「找到了！就是這本寫『樹籬屋』的書。你想聽聽嗎？」

問得好像我能作主似的，我不禁苦笑。

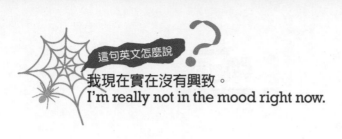

我往後靠向椅背，準備洗耳恭聽。

羅珊站在房間中央開始念了起來。「長久以來，一直有許多關於恐怖『樹籬屋』的傳說，但眞正可怕的事，是從史提森一家人搬到鎭裡才開始的。他們搬進了『樹籬屋』，那屋子已經荒廢了許多年……因爲大家都知道那幢房子鬧鬼。

「一排高大的、黑黝黝的樹籬圍繞著那幢房子，把房子緊密的包圍住，隔絕了外人好奇的眼光。

「時間一年一年的過去，樹籬也越長越高、越來越濃密，終於，黝黑的樹籬遮掩住最高的窗戶。

「鎭上的居民都知道樹籬爲什麼會長成那樣的原因，他們說那是鬼的意願，好讓房子籠罩在如同幽靈一般的寒冷與黑暗之中。大家都知道，除了史提森一家人被蒙在鼓裡。

「就在史提森一家搬進『樹籬屋』的第一天，屋裡的鬼魂造訪了十歲大的傑佛瑞．史提森的房間。從那天起，那個鬼魂每晚都來找他。

「『傑……佛瑞』，鬼魂幽幽的呼喊著，『傑……佛瑞，我等你等了很久了。』

「每晚，傑佛瑞都被叫聲吵醒，他渾身顫抖，十分害怕。他盯著黑暗的房間，尋找那聲音的主人，可是他看不見任何人。

這句英文怎麼說

那是個年輕人的鬼魂。
It was the ghost of a young man.

「傑佛瑞告訴他父母鬼魂每夜來找他的事，他說了一次又一次，可是他們不相信他。

「『傑……佛瑞，我等你等了很久了。』在一個很冷很冷的夜裡，鬼魂的聲音又出現了。『我需要你……』

「『你要什麼？』傑佛瑞大叫著。『你說，你到底要什麼……』

「傑佛瑞的話還沒說完，那鬼魂忽然現身了！

「那是個年輕人的鬼魂。傑佛瑞從他的穿著——寬鬆及膝的黑褲子，黑色襪子拉高到褲緣，還有黑色的靴子和銀色的鞋釦——判斷他應該是年代相當久遠的人。

「傑佛瑞盯著那個鬼，驚恐的望著鬼魂的黑襯衫，只見右邊的袖子掛在他的身旁晃來晃去，袖子裡空蕩蕩的，沒有手臂。

「『跟我來，傑佛瑞……』鬼魂呻吟著。『跟我來探索這間恐怖屋的祕密。』」

羅珊閤上書，放在床上。

「什麼祕密？」我央求道，「什麼是『樹籬屋』的祕密？」

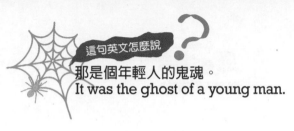

「不知道，我還沒讀到那裡，」羅珊故意賣關子似的說，「不過我可以跟你說，我認識一些曾經進去過『樹籬屋』的人，他們說了各式各樣在那間鬼屋裡發生的、令人毛骨悚然的故事。」

「比方說什麼呢？」我迫不及待的追問。

「嗯，他們說門會自動打開又關上。」

當羅珊身後的門自動打開又關上，我不禁倒吸了一口氣。

「沒錯，山米，」羅珊渾然不覺的接著說：「光是想像這些就夠你喘不過氣來了。」

這時，房門再度打開又關上。

太好玩了，布倫特……我心裡暗暗發笑。

「他們還說，書本會從書架上自動移出、浮在半空中。」羅珊繼續說。

布倫特開始在羅珊身後玩雜耍，他拿起三本課本輪流拋接，一圈一圈的飛著，中間那本總是飛到羅珊的頭頂上。我忍不住笑了。

「有什麼好笑的？山米。」羅珊蹙著眉說。

這句英文怎麼說

這份報告對我很重要。
This report means a lot to me.

我指著她身後的書，但那些書已經移回書架上了。

「沒事。」我嘆了口氣。

「最好沒事，因爲這可不是開玩笑的，這份報告對我很重要。我要做就要做最好的，而且我要你拍攝很精彩的影片來證明『樹籬屋』的鬼魂眞的存在！」

她的話聲甫落，我的錄影機就從地板上浮了起來，瞄準羅珊的背，我忍不住又笑了。

「山米！」羅珊惱火的跳起來，怒聲道：「不准笑！如果你再笑我會勒死你！這份報告對我來說是很重要的，不只是爲了成績而已。假如我眞的能找到鬼，一定會大大出名的！」

「什麼？」我瞪大眼睛看著她。

羅珊深深吸了口氣，繼續說：「他們說鬼不喜歡光，如果鬼被光線照到，就會發怒，把眼前的東西都給毀掉。」

忽然，房間裡響起輕輕的摩擦聲。

我左顧右盼，看見天花板上的燈泡正在轉動著——自己轉動著。

原來布倫特站在我的衣櫃上，正在取下燈泡。

「羅珊，快看！」我興奮的高聲叫道。「妳看天花板上！看見了嗎？現在妳總該相信我了吧！」

這句英文怎麼說

你為什麼不看呢？
Why didn't you look?

12.

「妳看到了嗎？羅珊。」我從椅子上跳起來，激動不已。

這下子羅珊終於能相信我了！

我指著燈泡，只見燈泡正慢慢的轉進燈泡座，而且是自己轉動的！

「看吧！」我喊著。「現在妳相信我了……對吧？是那個隱形小孩轉的！」

我轉過身，迫不及待想看她臉上露出不可思議的神情。

可是，羅珊竟然一點也不驚訝……事實上，我根本看不見她的臉。

她正蹲下來，垂著頭撿起地上的書。

我回頭望向天花板，那支燈泡已經不再轉動了。

「妳為什麼不看呢？」我大叫著，「妳錯過了！我要妳看的時候妳應該看

的！」

「我早該選另外一個組員的，」羅珊不滿的說，「山米，我眞的受夠你那些愚蠢的玩笑了！」

我就像隻鬥敗的公雞，沮喪的坐回書桌前的椅子上。

羅珊將手上的書疊好，走向門口。

「嗯？」

「哦，我懂了，」她轉過身面向我說，「我終於明白你的用意了。」

「如果你不想跟我一起去那間鬼屋……就明明白白、直接告訴我嘛！」羅珊餘怒未消的說，「根本不必要那些無聊的花招！」

看來羅珊眞的氣壞了。

以往我是很喜歡故意惹火她，但這回眞的不是。

「大笨蛋，」她喃喃說著，「你一定認爲我是個蠢蛋，我要走了，山米，我要離開你……和你那位隱形的朋友！」

接著，她怒不可遏的快步離去。

這句英文怎麼說

我真的受夠你那些愚蠢的玩笑了。
I'm tired of your dumb jokes.

「你還在這兒嗎？布倫特。」我邊問邊四處尋找。

房裡沒有任何回答。

我唰的從椅子上站起來。

「我知道你還在這兒，布倫特。你爲什麼這樣對待我呢？」我握緊雙拳，氣憤的叫道：「你爲什麼不讓羅珊知道你在這兒？」

現場仍然一片沉寂。

「好吧、好吧，很抱歉我罵了你，我不是有意的，只是希望羅珊能夠相信我。」

我坐回椅子上，深深的吸了一口氣。

「你聽見了嗎？布倫特，我說對不起了。」

還是沒有回答。

「請你回答我，」我繼續央求道，「我要跟你說話，我要多了解你！」

房間還是一片死寂。

布倫特走了。

他不回來了嗎？

13.

布倫特眞的離開了嗎？

他是因爲我罵他才離開的嗎？

我不禁開始胡亂猜疑。

他會回來嗎？

隔天早上在上學的路上，我仍然不停的自問著。

一個隱形的小孩……一個隱形的小孩昨天在我房裡出現。

哇啊！眞令人難以置信。

昨天晚上，我原本很想告訴爸媽布倫特的事，可是我被禁足，不准踏出房間一步，即使我已經把房間清理乾淨也不許下樓。

這句英文怎麼說

他想要從我這兒得到某種東西。
He wants something from me.

都是賽門害的，他跟爸媽告狀說我故意害他跌了一跤，因此爸媽就下令要我整晚都待在房裡，好好反省自己擁有一個弟弟是多麼的有福氣。

我是反省了，不過只花了一秒鐘。

剩下的整個晚上，我都一直想著布倫特的事。

在校車上，我仍不停思索著：他到底想要什麼呢？他說他想要一個朋友，可是我該相信他嗎？

我是說，一個小孩……一個隱形的小孩出現在你房裡就已經是非常古怪了，他竟然還說「只」想跟你做朋友。

我心裡突然冒出一種不祥的感覺。

他想要從我這兒得到某種東西。

我的直覺這麼告訴我。

我曾經看過許多有關鬼魂的書……怪物的書……各式各樣的靈異書籍。

我很確定，他們「總是」想要某種東西——要你的身體、你的腦袋，或是你的鮮血，某種東西……

我的身體……一定是的！一定是這樣的！

布倫特想騙我做他的朋友，最後他會露出眞面目，佔據我的身體！

這個想法讓我不寒而慄。

昨晚，我太過震驚、好奇……也太過害怕他了。現在我有機會思考，卻越想越感到驚懼。

爲什麼他要來我們家、我的房間呢？

也許我能跟他做個協議——「只要別煩我……就把弟弟送給你！」

我知道布倫特絕不會同意這樣，即使如此，這想法仍不禁讓我露出微笑。

可是，我並沒有笑太久。

我走進學校，在校門口附近停住腳步，並看見班上的同學——克蕾兒正站在飲水機房。

「沒問題，放學後我們一起去，」我聽見她說，「別擔心……我會去的。」

我驚訝得張大了嘴。

克蕾兒在……跟空氣說話。

這句英文怎麼說

學校裡充滿了隱形人！
The school is filled with invisible people!

接著我慢慢的踱向我的置物櫃，一個美術課裡認識的男孩正在和置物櫃的鎖搏鬥著。

「爲什麼打不開呢？」他抱怨著，「這個鎖從來沒卡住過啊……」

接著他面向他的左邊說：「好吧……你來開。」

但是他身旁並沒有其他同學啊！

他也在跟一個隱形人說話！

我沿著長廊望去。長廊裡滿滿都是學生，他們都在說話，都在跟隱形人說話！

「學校裡都是隱形人！」我頓時明白自己的恐懼何來。

「學校裡充滿了隱形人！」

14.

「山米！」

我轉頭看是誰在叫我，並暗自祈禱自己「能夠」看得見那是誰。

原來是羅珊……我鬆了一口氣。

「羅珊，妳一定不相信這件事……」我劈頭就對她說，但馬上又打住。

只見羅珊露出詭異的笑……她走向我，對著我猛笑。

走廊上其他的同學也爆出一陣大笑。

「妳……妳跟大家說了？」我尖聲質問道，「妳跟大家說我房裡有隱形男孩的事了？」

羅珊開口想回答我，可是她笑得太厲害了，根本就說不出話來，只能直點頭。

這句英文怎麼說

你怎麼可以這樣對待我呢？
How could you do this to me?

「妳怎麼可以這樣對待我呢？」我又氣又難過的叫道。

「冷靜點。」羅珊拍拍我的肩膀。「不過是開個玩笑罷了，你得承認我們演得很好吧。」

「哈、哈。」我微弱的說，一點也不覺得好玩。

我一定要讓羅珊得到報應，我對自己承諾。儘管還不知道該怎麼做……可是我絕對會的。

我低著頭走進教室，直接走到位子上坐下來。

其他同學也陸陸續續走進教室，有些仍然嘻嘻笑著。他們看見我時，又開始假裝在跟隱形人說話。

我的臉都漲紅了。

「今天大家怎麼這麼多話！」史達林老師說，「該靜下來了，大家把作業拿出來。」

「哎唷，不好了……」我呻吟著。

我昨晚沒寫作業，壓根兒就忘記這回事了。

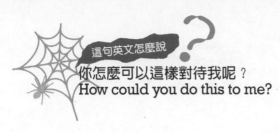

看看四周，我是唯一沒寫作業的。

「請將作業傳到教室前來。」史達林老師指示。

克蕾兒坐在我前面。她等著我把作業給她，再把她的作業一起交出去。

我輕輕的拍著她的肩膀，壓低聲音說：「我沒帶。」

「喔哦，是被那個隱形男孩吃掉了嗎？」她揶揄道，周圍的同學聽了也咯咯笑著。

「安靜點，同學們。」史達林老師警告著。她把所有作業收好，要我們打開數學簿。

史達林老師在黑板上寫下一個方程式。

「山米，你好些了嗎？」她寫完後問我。

我點點頭。

但……我還能說什麼呢？

沒有，史達林老師，我沒有比較好……昨晚我在房裡遇到了一個隱形男孩，

不過沒人相信我，大家都認爲我瘋了。

「很好，」史達林老師說，「請你上來教大家如何解這題方程式好嗎？」

今天我可是連一點喘息的時間都沒有。

我站起身來。

「不是你，山米，」史達林老師說，「我是在跟他說話。」她指著我旁邊的座位——空空的座位！

我抬頭看著史達林老師，充滿了疑惑。

「你的隱形朋友啊！」她說。

這句話再度惹得全班捧腹大笑。

史達林老師再也忍不住，她笑著對我說：「對不起，山米，我也必須學著講點笑話才行。」

對不起？

我知道她一點也不覺得抱歉，她笑得好開心。

剎那間，我覺得既尷尬又難堪，徹頭徹尾的被羞辱了。

然而這只不過是個起頭而已，下午的情況更是糟透了。

這句英文怎麼說

今天我可是連一點喘息的時間都沒有。

I couldn't catch a break today.

午餐時間，我到圖書館去，找了個位子獨自坐下。

我不想再聽任何有關隱形男孩的玩笑了，也不想跟任何人說話。

我從背包裡拿出鮪魚三明治放在腿上，這樣圖書館管理員萍絲琪老師就看不見三明治了。學校規定我們不准在圖書館裡吃東西，我也不想被逮到。

全校的人都知道要是惹萍絲琪老師生氣，事情可就大條了。

我還記得有一次克蕾兒惹她生氣，結果被罰寫一百本讀書報告，而且每份三頁！那是去年的事了……現在克蕾兒卻還在寫報告。

我想，她才寫到第二十本吧！

我打開三明治，不禁倒吸了一口氣。

只見三明治開始上升……

「布倫特，把它放下！」我壓低嗓子，輕聲的說。「你在這兒做什麼呢？」

一口三明治消失了。

「我自己一個人在你房間很孤單，」布倫特幽幽的說，「而且很餓。」

又一口三明治消失了。

這句英文怎麼說

請你讓我留下來。

Let me stay, please.

我拿回三明治，緊張的看看四周。

「你不能待在這裡，得趕緊離開！」

「請你讓我留下來，」布倫特懇求著，「你不在家不好玩，我需要朋友。」

「每個人都認爲我發神經了！」我稍稍提高了聲音說，「頭殼燒壞了！班上的同學都在譏笑我，就連我們老師也嘲弄我！你不能待在這兒，布倫特，你不能……」

冷不防的，一道影子映在桌上，我抬頭一看——

萍絲琪老師正站在我面前，她眉頭緊蹙，一臉不悅的搖著頭。

15.

「山……米！」她氣呼呼的怒斥道，「你在跟誰說話？爲什麼在圖書館裡喧嘩呢？」

我的聲音梗在喉嚨，發不出來。

她的眼睛瞇成細細的兩條線，抿緊了雙唇。

接著她往下看著我的大腿，驚呼一聲。

「那是……食物嗎？」

我慘了……心中頓時一陣哀號，看來我的餘生將會有寫不完的讀書報告。

都是拜你所賜，布倫特，眞是感激不盡啊……

「山米，你是怎麼回事？」萍絲琪老師大聲責備道，「你竟敢違反我兩項最

這句英文怎麼說

沒什麼讓我困擾的事，真的。
Nothing is troubling me. Really.

重要的規定！」

我不由自主的緊抓著座椅兩側，等著她的宣判。但是她並沒有那樣做。

「這一點也不像你，」她說，聲音變得和善些，「今天放學後，你想和學校裡的輔導員談一談嗎？你知道，自言自語是某種問題的徵兆。」

我環視圖書館……看著一張張面露嘲笑的臉龐；而且我的臉頰發燙，我知道自己的臉紅了。

「不，我沒事。」我堅持道。

「如果有什麼事困擾你的話……不需要覺得不好意思。」萍絲琪老師在我鄰座坐下。

圖書館裡每個人都竊竊私語著，我眞想找個地洞鑽進去。

「沒什麼讓我困擾的事，眞的。」我再次強調，把三明治塞回背包裡。

「無論如何，你應該跟輔導員談談……」她又苦苦勸說，「你放心，滕博老師很平易近人的，我會告訴她你會去找她。」

萍絲琪老師是不會輕易放棄的。

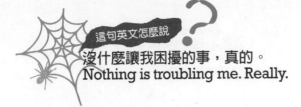

「我今天放學後要參加奧林匹克賽的接力項目，沒辦法去找滕博老師，」我說，「我不能錯過比賽，全隊都仰賴我呢！」

「好吧。」萍絲琪老師起身離開，「可是你得答應我一件事。」

沒問題，我會答應妳任何事，只要妳離開，現在就走。

「如果有事困擾你的話，我要你來找我。你同意嗎？」她拍拍我的肩膀。

我點了點頭，萍絲琪老師則回到她的辦公桌。

我看了看四周，很擔心大家是不是還盯著我。

但他們沒有。他們都忙著聊天，和隱形的朋友聊天，而且邊聊邊發笑。

我避開刺眼的陽光，強烈的豔陽照耀在田徑場上。

天空是深藍色的。空氣暖洋洋的，很舒適，不太熱。

這是個非常適合比賽的日子。

我望著露天看台，上頭坐滿了鎮上各個學校來的學生。

不一會兒，越來越多學生湧進來，他們互相簇擁著，想擠進座位上，可是露

這句英文怎麼說

全隊都仰賴我呢！
My whole team is depending on me!

天看台已經客滿了。

學生們喊叫、推擠、大笑、嬉鬧著，一副脫韁野馬般鬧哄哄的。

我的隊伍在運動場上另一頭集合，我跑步加入他們。

「嘿！山米！」羅珊叫我，並對我做了一個擊掌的動作。「今天眞是個比賽的好日子，我知道我們會贏的……我的直覺很準，除非被你搞砸了。」

「你別擔心我，羅珊，我每天都能跑贏妳。」我回喊著。

我在田徑場上試跑了一圈。我跑得快又有力，覺得信心十足，士氣高昂。

我們有三個隊員參加接力賽，傑德是第一棒，他是一個很棒的跑者，又高又瘦，而且步伐很大。

我跑第二棒，羅珊則是最後一棒。

我們三個是全校七年級學生中跑得最快的。我們不能輸！

比賽即將開始，我跳動著以保持肌肉溫暖。

當我抬頭望向台上……看到一些學生指著我，其中還有幾個發出訕笑。

「哦，不……」我在心裡哀號。

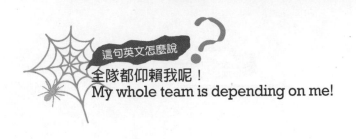

我知道他們在談我的隱形朋友。我告訴自己，等比賽結束後，一定要兌現今天早上自許的諾言——不管代價有多高，一定要讓羅珊得到報應。

我全身的肌肉緊繃了起來。

「放鬆，放鬆。」我一次又一次的彎腰，並搓揉腿上的肌肉。

「準備好了嗎？山米。」傑德和我互相擊掌。「我們全靠你了！」

「準備好了！」我說。

但是我沒辦法不去想台上的那些同學……那些每次看到我就發笑的同學。

而且我沒辦法不去想史達林老師，以及她嘲笑我的方式。

更無法不去想萍絲琪老師——那個以為我腦袋有問題的人。

我的肌肉更加僵硬了，只好努力集中精神不去想那些事。

我又做了幾個暖身運動，肌肉鬆軟下來，覺得好些了。

裁判已就定位，傑德、羅珊和我以比賽順序排好隊，其他學校六個隊伍也各自準備就緒，屏氣等待著裁判的信號。

在裁判吹哨之後，第一位跑者先跑一圈，再把接力棒交給下一名跑者。

這句英文怎麼說

我準備就位。
I dropped into my racing position.

我看著裁判員，心跳加速。深深吸了一口氣，再深深吸一口氣。

哨音響了，比賽開始！

傑德起跑時，看台上歡聲雷動。我從沒看他跑得那麼快過，眞是不可思議！

羅珊和我扯開喉嚨爲他加油。「傑德，加油！加油、加油！」

傑德是第一個跑過中點標幟的。他飛也似的跑向終點，準備伸出接力棒，好讓我抓住……然後開跑。

我聽見他的球鞋踩踏著地面的聲音，塵土在他身後揚起。他的臉泛紅，眼睛大睜，只距離我數呎遠。

我準備就位，伸出手。

傑德伸長了他的手臂，我抓住他的接力棒，看台上爆出如雷的歡呼聲。

換我上場了！

跑啊——！

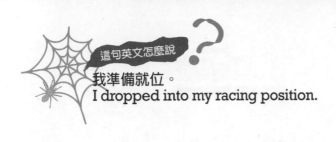

16.

我用力擺動手臂，右手緊握著接力棒，大步大步的踩在跑道上。

我邁開步伐，身體往前傾，維持一定的節奏向前跑，超越了以往的速度。場邊不斷傳來震耳欲聾的歡呼聲和加油聲。

「加油，山米！加油！加油！加油！」

隨著一波波的加油聲，我跑得更賣力了。

這種感覺實在太棒了！

在沒減速之下，我回頭看其他的跑者，他們還落後我一截呢！

過了中點標幟後，我加速向前衝刺，心裡昇起一股興奮：我們要贏了！真是太帥了！

這句英文怎麼說

我要幫你贏！

I'm going to help you win!

眼看著快接近四分之三的標幟了，我還沒有覺得特別喘，而其他的選手都還遠遠的落在後頭。

我的身體往前傾，踩著堅硬的跑道。

冷不防的，一隻手抓住了我的肩膀。我心頭一震，驚呼一聲。

忽然又有另一隻手抓住了我的腰。

「嘿！」我大叫。

突然間，我明白發生了什麼事。

「布倫特……走開！你在做什麼？」我怒喊著。

「我要幫你贏！」他上氣不接下氣的說，「我要讓你知道我是你的朋友！看吧！」

我根本還來不及反應，也來不及阻止，雙腳就被抬離了地面……

接著我飛了起來！

17.

「不要！住手！放我下來！放我下來！」我不停大叫著。

布倫特不理會我的叫喊，繼續把我往上抬。

我往前飛了一呎，忽然感到布倫特一個踉蹌。

「放開我！放開我！」我繼續尖叫著，揮舞著雙臂，想要恢復身體的平衡；同時兩腿猛踢，拚命想甩開布倫特緊緊箍住的雙手。

終於，我跌到了跑道上，又怒又恨的發出一聲巨吼。

我的膝蓋和手肘重重著地，頭部撞上跑道上尖銳的炭渣，接力棒也從我手上飛了出去。

我抬起頭，驚恐的看著它滾過田徑場。

這句英文怎麼說

贏了也並不代表一切。
Winning isn't everything.

「噢……」

「對不起，山米，」布倫特在附近喊著，「我只是想幫忙，沒想到卻絆倒了。」

我抬起頭，只見其他選手一個一個超越了我。

我們輸定了，而且輸得奇慘無比……

當我抬眼望著羅珊和傑德，他們也瞅著我，並且忿恨的對著我揮動拳頭。

我坐起來，發現手肘刮破了，膝蓋也淌著血。

「布倫特！你要害死我了！」我絕望的哀號著。

「我只是想幫忙……」他輕聲說。

這時又有一個選手從我身邊跑過，他的鞋子踢起一堆炭渣和泥土，噴進了我的眼睛。

我感到有隻手伸了過來，想幫我把臉上的泥土拂掉，但我舉起手猛力地將他推開了。

「噢！」他叫道，「嘿……只不過是輸了一場比賽，你爲什麼這麼在意呢？你知道的，就算贏了也並不代表一切。」

我垂下頭，拖著沉重的腳步走出田徑場。

當我走過看台時，有好幾個同校的學生對我發出噓聲；也有一些人給我喝采，當然大部分是別校的學生。

當我走向羅珊和傑德時，清楚感受到他們目光中熊熊的怒火。

傑德一句話也沒說，我想他是太生氣了，因此說不出話來。

羅珊可完全沒有這種困擾，她劈頭就罵了起來。

「你究竟是怎麼回事？你這個超級、特級大蠢蛋！」她連珠炮似的高聲咆哮，「我們本來會贏的，卻被你搞砸了！這一次你別想要賴了！」

「我不是故意的！」我又急又氣，「是那個隱形小孩害的！」

唉，我不該說的……

「我才希望你變成隱形人呢！」羅珊一臉厭惡的說道。

我也希望自己是隱形人就好了。

這是我有生以來最悲慘的一天了。

布倫特毀了我的生活。或許對其他小孩來說，有個隱形人朋友是很有趣的，

這句英文怎麼說

我得立即行動才行。
I have to do something right away.

可是對我卻一點也不好玩。
我下定決心，必須好好處理布倫特的事情。
我得立即行動才行。

18.

「快來呀！山米，行行好，來幫我測量。」賽門塞給我一個捲尺。

「我已經告訴過你了，賽門，你昨天到現在一點兒也沒成長！快走開，別煩我。」

我才剛經歷過一生中最糟糕的一天回到家，根本就沒有心情理會他。

「我的計畫完全行不通……」賽門垂著眼，沮喪的說，「徹頭徹尾的失敗了。」

我實在很難替賽門覺得難過，他對自己的科學研究計畫太認眞了。我試著鼓勵他：「賽門，我們並不會長得那麼快，也許你該研究其他東西，比方說研究小狗？小狗長得比我們快多了。」

這句英文怎麼說

我才剛經歷過一生中最糟糕的一天回到家。
I had just returned home from the worst day of my life.

「可是我們沒有小狗啊？」賽門回答。

「你覺得布魯特斯怎麼樣？你可以測量牠。」我一邊說，一邊把他帶出我的房間。

「布魯特斯早就已經不再成長了，」賽門碎碎念著。「你又不是不知道，牠太老了。」

我輕輕的把賽門推出房間，關上了門。

接著碰的一聲，我整個人癱倒在床上，把床單拉上來蓋住整個頭。

我眞想消失掉……我無法面對任何一個人，包括羅珊、老師、萍絲琪老師，以及全部七年級的同學。

忽然，我聽到一陣窸窣聲。

我拉開毯子，只見房間的窗戶正往上滑開。

「哇，這裡爲什麼這麼熱呢？」一個熟悉的聲音說道。

「噢，糟了，」我忍不住發出一聲呻吟，「你回來了嗎？」

「放輕鬆點，山米，不如我們到外面打打球或做一些別的事吧？這樣你就不會去想那些苦惱的事了。我是個不錯的投手喔！」

「布倫特……你走吧！」

「好主意，我們一起離開這間不透氣的房子吧！我們可以去叫個披薩，我好餓……」他說，「你一定也餓了。」

「我是說眞的，你走吧！」我柔聲說道，不想傷他的心，只希望他能離開。

「可是我不想走，」布倫特回答，「我想成爲你最好的朋友，我是眞心的。」

「我沒辦法做你最好的朋友，」我對他說，「不可能的。」

「再試試看好嗎？」他堅持說道，「我們會很快樂的，你會……」

「山米！吃晚飯了！」媽媽在樓下喊我。

「我要下樓吃晚飯，」我告訴布倫特，「等我回來的時候……」

「別擔心，我還會在這裡的。」他高興的說。

我下樓去吃飯時，心裡很明白他是絕不會離開的，永遠不會。

我該怎麼辦呢？該怎麼甩掉他呢？

只有一個辦法。

這句英文怎麼說

我想成為你最好的朋友。
I want to be your best friend.

我坐在自己的座位上。

「爸、媽，我有一件重要的事要告訴你們。」

爸媽同時抬起頭來看著我。他們等著我繼續往下說，我不禁深深的吸了一大口氣。

「我的房裡有個隱形的小孩……我需要你們幫忙趕走他。」

我必須告訴爸媽這件事。除此之外，我想不出其他更好的辦法。畢竟和一般父母比起來，他們算是非常聰明的人。他們是科學家，一定有辦法可以趕走布倫特。

「拜託，山米，別鬧了，」媽媽不耐煩的說，「你父親和我辛苦工作一整天了，我們花了不少時間在研究那個分子偵測燈……卻怎麼也無法使它正常運作。」

她嘆了口氣，接著說：「吃過晚餐後，我們還必須到地下室繼續工作，所以你們得快點吃飯，我們沒時間聽你那些荒誕的故事。」

就在這時，有人在餐桌下踢了我一腳。

「別亂來，賽門。」我瞪著弟弟。

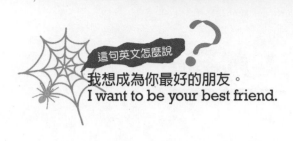

「不是我，」賽門露出一臉的假笑。「是那個隱形的小孩。」

好啊！賽門，這個嚴肅的突變種也想學著說笑話。

我回踢賽門一腳。

「嘿……好痛喲！」他哀叫著。

「我不是故意的，誰叫你的腳擋路。噢，一定是你的腳長長了，快！趕快去量一量！」我竊笑著說。

「哈哈，」賽門翻著白眼，「那個隱形小孩也像你這麼風趣嗎？」說完，他又踢了我一腳。

「賽門……」我才一開口。

「你們兩個都住口、住腳！」爸爸發威了。

我對著爸爸說：「可是眞的有個隱形小孩在我房裡，你一定要相信我，我需要你幫我把他趕走。」

「今天晚上不行，」爸爸嘟囔著，「別這樣，你媽和我今天累壞了。」

我還想說服他。「他可能會傷害我，他就在樓上，而且……」

這句英文怎麼說

別再說這些荒唐的故事了。
No more crazy stories.

「山米……別再說了，我不想聽，」爸爸說，「別再說這些荒唐的故事了。」

有一對聰明的父母又怎樣呢？現在，我該怎麼辦？

媽媽把晚餐放在桌上時，我心想著：一定要甩掉布倫特，但是我要怎麼做才好呢？

整頓飯吃下來，我不停的想了又想。等到媽媽端出點心時，我總算想到了一個主意！

19.

「布倫特？你在嗎？」

我伸出手，攤開餐巾包著的幾塊雞肉。這是我從廚房裡偷偷拿出來的，很容易就得手了。

整頓晚飯的時間，爸媽都在談論他們的工作。反正就是光線折射、頻率波道之類他們常常掛在嘴邊的專有名詞，根本沒注意到我。

賽門則一心一意只掛心著他的科學研究報告。然而他全身上下沒長半吋，甚至還測量起手指甲來，只可惜手指甲也絲毫沒長。

我趁大家都沒注意時，用餐巾包了幾塊雞肉放在腿上，這引得布魯特斯不停的喵喵叫。

你能不能想個辦法讓那隻貓別再鬼叫了？
Can't you do something about that cat?

布魯特斯很喜歡吃雞肉，想要跳到我腿上。牠抓了抓餐巾，又朝著我喵喵叫了幾聲。

「你能不能想個辦法讓那隻貓別再鬼叫了？」媽媽要求我，「你爸和我無法思考了。」

「來吧！布魯特斯。」我把餐巾塞進T恤裡。「我們上樓去。」

我說著站了起來，向布魯特斯招手，要牠跟我走，牠卻忽然發出一聲尖叫，飛也似的往反方向逃竄開來。

哇！我總算明白了……

原來布魯特斯早就知道了！

牠早就知道我房裡有很詭異的東西。

我敢說，那一定是牠為什麼不再到我房間睡覺的原因。

我匆匆的走進房間，拿出雞塊。

「布倫特……你餓了嗎？」我站在一個定點上，拿出雞塊轉了一圈。

「嗯，炸雞。」一大口雞塊消失了。「真好吃！你媽很會做菜，謝謝。」

「羅珊的媽媽也很會做菜，」我說，「我覺得她媽媽做的菜比我媽做的更好吃。我常去羅珊家吃飯，只要有機會的話。」

布倫特繼續吃著。

「你該到羅珊家吃飯的，這樣你就會知道她媽媽做的菜有多棒了。」

布倫特又咬了一口。

「嘿！我有個好主意！」我繼續說，「你應該和羅珊做好朋友。羅珊需要一個鬼做學校的研究計畫，你可以當那個鬼，這樣鐵定會讓羅珊很樂的。對她來說，有個鬼就住在她家很方便，而且你也會很快樂，能夠吃到好多好吃的東西。快跟我來，我現在就帶你到她家。」

布倫特停住吃的動作。

「我不要去她家，」他大聲說，「她是女生，我不想和女生變成好朋友，我要做你的好朋友。還有，我早就跟你說了……我不是鬼！」

布倫特把雞塊吃光了，空蕩蕩的餐巾飄到我面前。

「還有嗎？」他問，「我還很餓，有甜點嗎？」

這句英文怎麼說

我需要休息。
I need to get some rest.

我坐在床上，一邊等候布倫特吃完我從樓下偷端上來的第二份雞塊和一碗冰淇淋，一邊勸說著。

「布倫特，你必須離開，你不走的話，我會很麻煩的。」

「可是我要做你最好的朋友！」他絲毫不爲所動，「我絕對不走，絕不！」

「你還是不明白嗎？我不要你做我的朋友，」我跟他說，「我本來有很多朋友的，但你出現之後就變了。」

我站起來，在房裡踱步。

「你把我的生活攪亂了，我要你走，我要你離開我家，永遠不要回來！」

霎時，四周一片死寂。

「你聽見了嗎？」

還是毫無回應。

「我知道你在這兒，布倫特，回答我啊！」

「求求你……我們能不能待會兒再談？」他總算開口了。「我好累，我需要休息。」

只見我床上的被子掀開了，接著一隻無形的手搥著枕頭。

「哎，」布倫特嘆息著，「你的床棒極了！」

這時我再也無法忍受了。

「不行，我們必須現在就談。我要你滾！」我大叫著，「立刻就滾！」

「你是說眞的嗎？」布倫特的聲音變了，變得很深沉，而且充滿了敵意，令人心裡發毛。

「眞……眞的，我是當眞的。」我結結巴巴的說。

「要是我不走呢？」他問。

我倒退一步，從床邊退開。

我不喜歡布倫特說話的方式，聽起來像在恐嚇。

「你說呀！山米……要是我不走呢？」他用威脅的語氣問道。

我又倒退一步……忽然，一隻溫熱的手抓住我的肩膀。

我想甩開，但怎麼也甩不掉。

他掐住我不放。

這句英文怎麼說

布倫特抓住我的手臂。
Brent grabbed my arm.

布倫特抓住我的手臂，緊緊抓住不放。
「放開我！」我高喊著，「放我走！」
但他拉著我，快步走向那扇打開的窗戶。

20.

他想做什麼？

想把我推出窗外嗎？

「住手！放開我！嘿……放開！」

我使盡全力，終於甩開他的雙手逃開了。

「對不起，」布倫特輕聲說著，「我只是開玩笑的，你了解的，好朋友有時候會打打鬧鬧的……對吧？只是好玩而已。」

「好玩而已？」我低聲咕噥著。我的心臟怦怦直跳，幾乎要跳出胸口了。

而且，我很清楚他是個危險人物。我不認爲他是開玩笑的。我知道他想要把我扔出窗外！

這句英文怎麼說

我只是想幫你站起來。
I was just trying to help you up.

我不禁渾身顫抖，轉身朝門口的方向跑，但卻被他隱形的腳給絆倒了。

我掙扎著想爬起來，又被他緊緊抓住了。

「放手……」我尖聲大叫，聲音充滿了恐懼。

「我只是要幫你站起來。」布倫特說。

他放開我。

我揉揉疼痛的手腕。

「眞的，我只是想幫你站起來，」布倫特繼續辯解著，「你相信我嗎？告訴我你相信我。」

「好啦、好啦，」我敷衍著說，「我相信你。」

「太好了！」布倫特快樂的說。

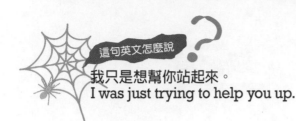

「不過你還是得離開，」我對他說，「每個人都以爲是我腦袋有問題，我不能老是讓一個隱形男孩跟著我、和我說話、住在我房裡。你現在就走吧！我是說眞的。」

「但我能幫助你，」布倫特哀求著，「我幫過你……我幫你解那題數學方程式。」

「哦，是嗎？你的確幫了個倒忙。」我又開始在房裡踱步。「你讓我在老師和所有同學面前像個大白癡！」光是想起那一幕就令我打了個冷顫。

「好吧！就算我做錯了一件事，但那只是一個小小的錯誤。」布倫特說。

「一個小小的錯誤！」我不禁提高了聲音。「那今天圖書館的事你怎麼說？萍絲琪老師已經認定我有毛病了，她要我去看學校的輔導老師！」

我的情緒終於完全失控，激動的對著他開罵。

「還有賽跑的事你怎麼說？你把一切都搞砸了！你害我跌倒，害我輸了比賽，害我讓大家失望。」

「對不起……」布倫特低聲說，「我以為我能幫你獲勝，只是想助你一臂之力。」

「一臂之力？」我大叫道，「你……你……」

突然間，我的衣櫥門打開了，那件新買的深藍色洋基隊棒球夾克飄了出來。

「嘿……好酷！」布倫特高聲說，「可惜，袖子可能太長了，我想大概不太

這句英文怎麼說

那件夾克從衣架上滑了下來。
The jacket slid off the hanger.

合身。」

那件夾克從衣架上滑了下來。

「把夾克還我！」我從空氣中搶回夾克。「你馬上……離開！我不要你在這兒。」

「山米……你到底在罵誰啊？」媽媽站在我的房門外。

「那個隱形的小孩啊！」我回叫著，「他在這裡！他現在就在這裡！妳一定得相信我！布倫特……說幾句話呀！」

房裡陷入一片寂靜。

「拜託你，布倫特！」

我央求道，可是沒有任何回應。

媽媽慢慢的向我走來，一臉狐疑的盯著我。她搖了搖頭，又摸摸我的額頭。

「沒有發燒啊……」

「我沒生病，媽，我很好，眞的，而且我說的都是實話。」

「我不確定……」她沉吟著，又仔細的端詳了我一番。「你要上哪兒去？」

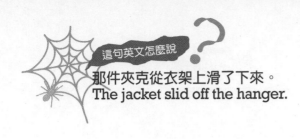

「我沒有要上哪兒去啊！」我說。

「那你爲什麼拿著夾克？」

我低下頭看看夾克。

「喔，我只是想試看看還能穿得下嗎？」我撒謊道。

要不然……我還能說些什麼呢？

「當然還合身，這是上星期才買給你的啊！」媽媽深深的注視著我，再次搖了搖頭。「我不太確定……你最近的行爲有點奇怪。」

她再看看我的夾克，隨即又摸摸我的額頭。

「告訴我……你剛才到底在對誰吼呢？」

「啊……沒人，我只是在排演……爲了學校話劇。」

「你參加學校話劇社？」她問。

「喔……不是，不完全是，我在練習台詞……假如他們邀請我參加的話。」

「山米，如果有事困擾你……不管什麼時候，你都可以來跟我說，懂嗎？」

「我懂。」我回答。

這句英文怎麼說

我們會站在你這邊。
We're going to be here for you.

媽媽第三次摸摸我的額頭，又搖了搖頭，轉身準備離開，卻忽然停下腳步。

「你爸爸和我最近工作很忙，我知道我們沒有多關心你，但是我們會開始做一些調整。我們會站在你這邊，事實上，我們會多花點時間好好注意你。」

太棒了！

媽媽和爸爸打算要好好的研究我……像研究他們的科學計畫。

「你的房間冷颼颼的，山米。」媽媽邊說邊走向窗戶，她把窗子關上便離開了。

「你還在這兒嗎？布倫特。」我急忙說道。

「是的。」

「那你爲什麼這樣？你爲什麼不跟我媽說話？」我責怪的說。

「對不起，我不想讓其他人知道我。我只想跟你住，做你的朋友。」

「是嗎？但那是不可能的。」我刻薄的回答。

我突然覺得有了一線希望。

剛剛媽媽給了我一個靈感，我想到了一個好主意！

我知道該怎麼做了……該怎麼甩掉這個隱形男孩。

21.

我從走廊跑進浴室，把蓮蓬頭的熱水開關轉到底。

好極了！

幾秒鐘後，鏡子開始起霧。

接著，我打開洗手台的熱水開關和浴缸的熱水開關。

哇！這兒可眞熱啊！

大概比熱帶雨林還熱吧！

棒透了！

我擦掉額頭上的汗水，跑回房間，仔細檢查窗戶是否關緊了，接下來打開暖氣機。我不停的轉動著開關，直到嘈雜的蒸氣吁吁聲灌進房間來。

這句英文怎麼說

我知道這個計畫成功了。
I knew that my plan had worked.

當一陣陣潮濕溫暖的空氣從浴室吹進我的房裡，汗水從我的臉上滴落下來。

「山米，你在做什麼？」布倫特哀號著，「這裡太熱了！」

我輕笑道：「對不起，我超喜歡這樣！」

我快步跑進爸媽房間，打開裡頭的暖氣機，緊接著再打開賽門房裡的暖氣機，並把他們房裡所有的窗戶都關緊了。

「山米，停下來！停下來！」布倫特請求道，「太熱了！太熱了！」

我坐在床上等候著。

汗珠凝聚在我的上唇，我的T恤都溼透了，黏貼在身上。

太棒了！

「我……我再也無法忍受了。」布倫特的聲音變得越來越微弱，「我……我不能留在這兒，這裡……太……熱了。」

隨著布倫特漸漸消失的話聲，我聽見窗戶往上滑開的聲音。

我知道這個計畫成功了！

布倫特離開了，永遠離開了。

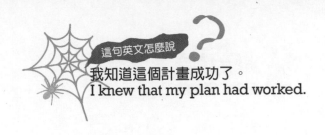

22.

星期六晚上，羅珊和我本來說好要去看「校園幽靈」那部電影的，可是後來計畫更改了。

羅珊堅持假如我不跟她一起去「樹籬屋」，她就再也不跟我說話。我相信她會說到做到。

「你可不可以走快一點？」羅珊催促著，「這兒越來越冷了。」

她說的沒錯。一團濃霧緩緩籠罩下來，並吹起一陣陣的強風。

濕冷的夜氣不停的襲來，我不禁直打哆嗦。

我們快步走著，經過一條又一條的街道。

「快到了，」我們快要接近下一個街角時，羅珊說：「你準備好了嗎？」

這句英文怎麼說

你很幸運有我這個夥伴。
You're lucky you have me for a partner.

我聳聳肩，說：「沒問題。」

「很好，」羅珊停步說，「我們到了。」

哇啊！我抬頭一看，這可是我所見過最高、最濃密且陰暗的樹籬牆了，根本就看不到樹籬後頭是什麼嘛！

「我……我從來沒見過長得這麼高的樹籬。」我瞠目結舌道。

「那是鬼的意願，好讓房子籠罩在如同幽靈一般的寒冷和黑暗之中。」羅珊笑了，「我把讀給你聽的那段文章背起來了。」

「我們怎麼進去呢？」我一邊問，一邊尋找進入高籬的方法。

「你很幸運有『我』這個夥伴，」羅珊嘆了口氣，「你還真不是普通的無知。」

我們沿著黑漆漆的樹籬走，直到來到了一個小開口，往裡頭一看，樹籬屋赫然就在眼前。

這幢屋子有三層樓高，又高又窄，還有很多扇窗戶，但大都破了，尖銳的玻璃碎片就插在窗框上。

哇！那樹籬真的長得和最高的窗戶一般高——就和書裡描寫的一模一樣。房子外牆的木瓦都因爲太老舊了，顯得又髒又破。

忽然一陣強風吹來，樹籬頂端掃到尖尖的屋頂，把一片落瓦颳向了空中。

羅珊和我趕緊往後跳，還好沒被砸到。

我看見羅珊打了個哆嗦。這間房子眞的令人毛骨悚然！

「如果妳害怕的話，我們就不要進去了，」我對羅珊說，「現在去看電影還來得及。」

「我會害怕？你見鬼啦！」她嗤之以鼻的說，「我們進去吧！」

羅珊走在通往前門碎裂的石階上，我則緊跟著她。接著她走到木製的陽台。

「小心點，」她回頭對我說，「這些木板有點不穩。」

她朝前門伸出手，緩緩的轉動門把。

大門嘎吱一聲打開了，我們走進屋內。

這句英文怎麼說

我們站在寬敞的前廳裡。
We stood in a large entrance hall.

23.

我們站在寬敞的前廳裡，一座華麗的水晶吊燈掛在我們頭頂正上方的天花板，淚滴狀的透明水晶在吊燈上搖晃著，水晶上覆滿厚厚一層的灰塵和蜘蛛網。

這裡冷得像冰窖，比外頭冷多了，一股酸臭味撲向我們。

我打了個冷顫，開始摸索電燈開關。不久，在門邊的牆壁上找到一個開關。

我扳開開關，可是沒有動靜。

「沒用的，」羅珊壓低聲音說，「這裡很久沒有人住了。打開你的手電筒吧！」

「什麼手電筒？」我問。

「你沒帶手電筒?你該帶支手電筒的。」她小聲埋怨著。

「我忘了。」我認錯道。

羅珊嘆了口氣。「那你帶攝影機了嗎？」她質問道。

「帶了，就在這兒。」我從背包裡拿出攝影機。

「至少你還記得要帶這樣東西……」她嘀咕著。

原本她還要接著往下說些什麼，但是卻發出一聲尖叫。

「怎麼啦？」我問。

「你沒聽到一聲低沉的嗚咽聲嗎？」她興奮的問。

「沒有啊，」我說，「我沒聽見任何聲音。」

「喔，我們才剛到就有收穫，我打賭待會兒還會聽見更多的嗚咽聲，準備好你的攝影機吧！」

我們繼續往前走，來到了客廳，走進一團冷颼颼、白茫茫的霧氣中。

「我什麼也看不見，」我輕聲說道，「客廳怎麼會霧濛濛的呢？」

「你看，」羅珊指著其中一面牆，霧氣從牆上的縫隙中滲透進來。原本滲出來的只是一道狹小的氣流，不一會兒就變成巨浪般翻騰、旋轉，最後充滿了整個房間。

這句英文怎麼說

這裡什麼也沒有。
There's nothing in here.

我踏出一步，聽見屋外的風呼呼作響。

一道白茫茫的東西吹向我，我嚇得往後跳——

原來是窗簾布！

輕薄透明的白色窗簾在破爛的窗前啪嗒啪嗒拍擊著，越來越響。另一股強風吹來，這回更強勁，強風從縫隙中吹散出一團團霧氣。

「這裡什麼也沒有，」說著，我又打了個冷顫。「我們上樓去。」

羅珊走在前頭，我們往樓梯方向走去時穿過餐廳和廚房，這兩處都空蕩蕩的，又冷清又空曠。

我們走上一條長廊，長廊盡頭有一座樓梯。樓梯旁破舊的木頭扶手滿是木刺，而且有一部分的扶手竟然不見了。

「你沒問題吧？」羅珊扶著牆，踏上階梯。

「沒問題。」我聲若細蚊的回答。可是，我心裡其實毛毛的，我眞的不認爲這房子鬧鬼，但是它眞的又黑又濕，而且霧茫茫、空蕩蕩的……我想任何人都會感到有點害怕吧！

我們戰戰兢兢的爬著樓梯，腳下的木板哼哼哎哎的響著，空氣也越來越冰冷。

爬到樓梯盡頭，眼前出現了三道門。我們探頭看每個房間，每一間都小小的、又黑又暗。

當發現每個房間都空無一物的時候，我不禁鬆了口氣。

我們繼續爬上三樓，進入一間大房間，這間不是空的。

幾件破破爛爛的衣服和毯子散落在地板上，三個靠著牆的枕頭上刮了幾道刀痕，裂口處還露出裡頭的塡塞物。

一張搖搖欲墜的木椅倚在一個舊箱子旁。

羅珊走進這陰森森的房間，走向那個箱子。

我跪下來，仔細瞧著地板上一塊縐巴巴的黑布，把它撿了起來，不禁倒吸一口冷氣。

那是一件黑襯衫……一件缺了右邊衣袖的黑襯衫！就像那本書裡寫的一樣！

這句英文怎麼說

我們去看看箱子裡有什麼。
Let's check out the trunk.

「我們去看看箱子裡有什麼。」羅珊在我耳邊悄悄說著。

「不要！妳看這件……」我的話還沒說完，就聽見樓梯那兒傳來一聲恐怖的呻吟。

我們倏地轉身面對樓梯，不約而同大聲驚呼，樓梯的台階不停發出嘰嘎聲和軋軋聲。

那是腳步聲！

羅珊嚇得張大了嘴，我的心臟也怦怦狂跳。

羅珊轉向我，我趕緊垂下眼睛，不讓她瞧見自己有多麼的害怕。

「那個……那個鬼……在這兒，」她喃喃的說，「它來了！趕快把攝影機準備好。」

我笨手笨腳的摸索著攝影機的開關，雙手止不住的顫抖著，攝影機也跟著抖個不停。

那個腳步聲終於來到了樓梯最上面的台階。

羅珊站在房間的正中央，她僵立著，無法動彈。

一記低沉、駭人的哀吟在房間裡來回飄盪。接著那把椅子飛了起來，箱子的蓋子也突然打開了。

羅珊往後退，拿出筆記本開始記錄。她顯得既興奮又恐懼，勉強抖著雙手寫字。

冷不防的，箱蓋突然重重的闔上了，我們嚇得跳起來。

我驚恐的望著椅子從地板上升起，它在空中搖搖欲墜，突然碰的一聲，猛力摔了下來。

「別光是杵在那裡！」羅珊對著我大叫，「攝影機、攝影機！趕快拍進去！」

當我舉起攝影機，忽然有好幾個枕頭飛了過來。地上的毯子也活過來了，朝我們猛撲，想團團罩住我們。

「好噁！」我驚叫著，一股又酸又臭的味道迎面撲來。

那些毯子像打陀螺似的圍著我們繞，接著掉落到地上。

箱蓋打開又碰的一聲關上，一遍又一遍。

緊接著，窗戶也啪啪開啓，又突然關上。

「那是鬼！」羅珊興奮的大喊。「是眞的鬼！你相信嗎？我們鐵定會拿A的，把攝影機給我！」

她拿走我的攝影機，看著觀景窗。

「別、別……」一聲慘叫從她喉嚨發出。她放開攝影機，匡啷一聲，攝影機應聲落地。

「救救我，山米！」她尖叫道，「它抓住我了！它抓住我了！」

這句英文怎麼說

別光是杵在那裡！
Don't just stand there!

24.

「放開我！」羅珊尖聲喊叫。「山米……救命啊！它抓住我了！那個鬼在……拉我！」

我驚懼萬分的看著羅珊的夾克在她背後飛起，她被一隻隱形、幽靈似的手緊緊拉著不放。

她整個人打轉著，被強拉著在房間裡不停的旋轉。

接著，她跌跌撞撞的絆倒了，跪在地上。

「噢！」她發出一聲可怕的叫喊，掙扎著站起來，眼裡充滿恐懼的神色。

我突然想起攝影機。我得把這些鏡頭拍起來！

我對自己說，並舉起攝影機。

這句英文怎麼說

我得把這些鏡頭拍起來！
I've got to get this on tape!

羅珊的夾克再度從她背後飛起。

「喔……幫幫我！」她大叫著。

只見她繼續旋轉，一圈又一圈，越來越快。她無助的旋轉著，高舉手臂，整個人披頭散髮。

我努力想抓穩攝影機，卻無能為力。

「放下攝影機……快來幫我！」羅珊邊轉邊叫。

「放開她！」我高聲喝道，「別碰她！」

出乎意料的，羅珊停止了旋轉，她曲著膝，往牆壁重重的撞了上去。

「噢！」她搖著頭，彷彿想把恐懼甩開。

「樹籬屋的鬼……」羅珊開口說話，但她還沒能把話說完，身體又從地板上浮了起來。

「不要……求求你！」羅珊哀求著，發了狂似的揮舞手臂，又猛踢雙腳。

「放我下來！放我下來！」

鬼魂一定是放手了——只見羅珊滑落到地板上，膝蓋著地。

就在她掙扎著要爬起來時，一個枕頭從地板上浮起。我驚恐不已的看著那個枕頭覆蓋住羅珊的臉。

她發出一聲悶叫。

「救命啊……我不能呼吸！這鬼……想悶死我！」

「放開她！」我撲向羅珊，同時發出一聲怒吼。「放開她——」

我使盡全力，奮力撕扯，終於撕破了枕頭。

「去鬧別人！」我大叫著，羅珊則倒在地板上。

我扔開枕頭，跑向她之際，卻被一隻冰冷的手緊緊抓住我的手。

「傑佛瑞……我等你等了好久了。」一個如沙紙般粗糙的聲音喊道。

樹籬屋的鬼！

它說話了！它對著我說話。

「我……我不是傑佛瑞！」我支支吾吾的說。

「傑佛瑞……我等你等了好久了。」它又呻吟著。

接著，我發現自己被抬離了地面。

這句英文怎麼說

鬼魂緊緊跟著我們。
The ghost followed after us.

我還沒來得及掙脫開，鬼魂又抓著我前後不停的搖晃，力道之猛，讓我覺得它快把我的脖子扭斷了。

我想要叫、想要反擊，可是它抓得好緊，我完全使不上力。

緊接著，一張又酸又臭的毯子飛起來緊緊裹住我，頓時讓我的手腳無法動彈！

我又是踢腳、又是扭動全身，和那張腐爛的毯子展開一場艱困的對抗。

過了好一會兒，它終於停下來，我也整個人掉到地板上。

一陣陣淒厲的狂笑在房裡來回飄盪。羅珊和我掙扎著站起來，跑向樓梯。

但鬼魂緊緊跟著我們，不住的呻吟著。

「傑佛瑞……我一直等著你。傑佛瑞……快回來！我等你等了好久了！」

就在我們跑到二樓時，那鬼從背後抓住我。

「我抓住你了，傑佛瑞……」

它沙啞粗嘎的聲音輕輕的說著，「我在這舊房子等你等了好久了！好久、好久……」

它冰冷如刀的手圈著我的脖子。當它加緊力道時，我感到喉頭一緊，幾乎無法呼吸。

「我……不是……傑佛瑞……」我嗆著聲音說。

這是我告別人世前的最後一句話。

這句英文怎麼說

我想，那是我生前的最後一句話。
I thought they were my last words.

25.

我想，那是我生前的最後一句話。

眼前所有的東西都變成一片鮮紅，那黑黝黝的房間在紅色的漩渦後面旋轉、扭曲著。

我眼冒金星，那閃爍的光芒又白又亮；我的頭部感到一陣劇痛，只能拚命眨眼，好把它們趕走。

之後一切都褪成黑色，所有的一切只剩下一簾黑幕……

「樹籬屋的鬼」手上又將多添一個新的受害者。

但是，休想！

事情可沒那麼容易。

一隻手抓緊我，拉著我，把我從黑暗中拉走。

「山米……快走啊！」羅珊悄聲呼喚著我，「快走吧！你沒事！你沒事！」

我還搞不清楚是怎麼回事，她已經把我拉開了，我們拔腿迅速跑下樓，經過霧氣迷濛的客廳，一路跑出大門，奔進冷冷的街道上。

我深深呼吸著空氣——冷冽而甜美的空氣。

我一邊大口呼吸，一邊跑。

我們還活著！

是的！我們還活著！我們遠離了「樹籬屋之鬼」。

我們不斷的跑，邊跑邊大口大口呼吸著。

空氣從不曾如此甜美，夜晚也從不曾如此美麗。

羅珊直接跑進她家，我看著她打開前門，飛也似的跑進去把門用力關上。

我也趕緊跑回家。一進家門，我便上氣不接下氣的喘息著，仔細檢查前門兩次，確定門是鎖上的。

我的雙腿顫抖著，全身抖個不停，而且搖晃著……

我還活著！

我上樓回到房裡，坐在床上，卻頓時嚇得放聲尖叫。

我面對擺著那件黑襯衫的枕頭，驚疑不定的狂叫。

那是獨臂鬼的黑襯衫，少了一隻衣袖……

這句英文怎麼說

夜晚從不曾如此美麗。

The night never looked so beautiful.

26.

「那只不過是一件襯衫罷了，」一個聲音平靜的說，「你是怎麼了？」

我跳了起來，只見一個盤子在空中盤旋，一塊三明治一口又一口的消失了。是布倫特！

「我是不是演得很棒？」布倫特邊嚼著三明治邊說，「我扮的鬼是不是很精彩啊？」

我看見書桌前的椅子滑了出來。

「那可不是什麼輕鬆的差事！」他嘆了口氣，「老天，簡直累死我了！」

「那是你？」我不敢置信的大叫，「那個鬼是你？」

「哎呀呀，我簡直演得出神入化，」他說，「傑佛瑞……我等你等了好久了！」

這句英文怎麼說

那可不是什麼輕鬆的差事！
That was hard work!

接著發出一陣爆笑。

「我……我……」我吃驚得說不清楚任何話了。

「不客氣，」布倫特說，「你不必謝我，現在，你可以交一份最精彩的報告了，我不是告訴過你嗎？我能助你一臂之力。而且我告訴過你，我要做你的好朋友。」

「噢，不……天啊！」我氣惱的叫道，「布倫特！你怎麼可以這麼對我？你把我嚇得半死，也把羅珊嚇破膽了！你真的傷害了她，也差點把我勒死！」

「不客氣，」他又說，「你真的不必謝我，我只是想讓你知道我能幫上忙。」

「滾出我的房子！現在就滾出去！」我對著他大吼，「立刻滾出去！」

我扯開喉嚨大叫，聲音都沙啞了。

「滾開！你這個白癡，差點就害死我們了！我要你馬上就滾，立刻滾開！」

我轉身對著門，指著外頭說：「滾……」

不料爸爸就站在門口，一臉擔憂的看著我。

「山米，我的孩子，我很抱歉要這樣說，可是你已經長大了，不應該還有想像中的朋友。」他輕聲說道。

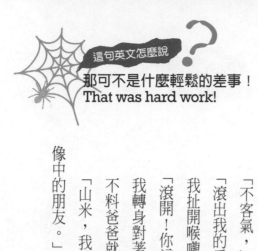

「不，爸，你不了解，他不是我的朋友！」我繼續高喊道，「他不是我的朋友！他不是！」

爸爸伸手摟著我的肩，安撫道：「別激動，冷靜一點。」

他陪我走向床邊，讓我坐下來。

他拉著那張書桌椅子。

「別坐下來！」我驚呼道，「他就坐在那兒！」

爸爸還是坐下來了。

「做一個深呼吸，」他對我說，「整理一下情緒，讓我們來談談你的那個朋友。」

「爸！他不是我的朋友，他想要做我的朋友，但他不是，他快把我搞瘋了！」

我把那件襯衫推到一邊，倒在枕頭上。忽然，我的腦子裡靈光一閃——

「我知道了！我敢說，我們一定可以一起趕走他！爸……你會幫我嗎？你會幫我趕走布倫特嗎？」

「我當然會幫你。」爸爸回答。

這句英文怎麼說

我當然會幫你。
Of course I'll help you.

他注視著我，起身拉起我的手，領著我走向門口。

「謝謝你，爸，我真的很感謝你……」我如釋重負的嘆了口氣。

忽然間，我覺得好多了，爸爸一說願意幫助我，我緊繃的肌肉頓時都放鬆了。

「一切都會沒事的。」爸爸柔聲說。

「我知道，」我回答，「我已經覺得好多了。」

「那就好，兒子，不過你可以告訴我……究竟是什麼事讓你這麼苦惱？究竟是什麼煩惱讓你編出這麼個隱形朋友——布倫特？」

我不禁發出一聲哀嘆。

原來爸爸並不相信我。

他拉著我下樓。

「我們要去哪裡？」我狐疑的問。

他沒有回答我。

「爸！」我大叫著，「你要帶我去哪兒？」

27.

「我們究竟要去哪兒？爸，請現在就告訴我。」

「冷靜點，山米，我們去跟一個能幫助你的人談談，」他總算回答我了。「你媽和我把你的問題跟克倫達醫生討論過了……她想要見你。」

「我……我不要去看醫生！」我驚慌的喊著，「我不需要看醫生！」

「別擔心。」爸爸拍拍我的背。「你會喜歡這位醫生的，她人很好，而且非常善解人意。」

爸爸急急忙忙的去廚房拿車鑰匙。

我這才明白，爸爸認爲我瘋了，他認爲我腦袋有毛病，所有我認識的人也都這麼想。

這句英文怎麼說

爸爸急急忙忙的去廚房拿車鑰匙。
Dad hurried to the kitchen to get his car keys.

我沒有任何辦法證明布倫特是眞實存在的。他會永遠和我住在一起，永遠攪亂我的生活。

忽然有人敲門，我走過去拉開門一看。

「嗨，山米，」是羅珊。「我得來找你，跟你談談那個鬼！你不覺得那實在太棒了嗎？」

「嗯，眞是棒透了。」我喃喃的說。

「瞧你一點也不興奮的樣子。你怎麼了？」她走進客廳，坐在沙發上。

「喔，沒事，只是大家都認爲我瘋了……就是這樣。」我在她旁邊坐下來。

布魯特斯閒晃進來，窩在我的腿上。

「你跟你爸媽說那個鬼的事了？是因爲這樣，他們才以爲你瘋了嗎？別擔心，我會告訴他們那是眞的，」羅珊安慰我，「我會告訴他們，我們眞的遇見鬼了！」

「這件事跟鬼無關……」

「好了，山米，我們走吧！」爸爸走進客廳，手裡的車鑰匙噹啷響著。

媽媽和賽門走在爸爸身後，兩人一臉嚴肅。

「你們要上哪兒去？」羅珊問。「我能一起去嗎？」

「不行，羅珊，妳最好別跟……」爸爸柔聲說著，「我要帶山米去看醫生，他近來常有幻覺。」

「一切都會平安無事的……」媽媽接著說，露出奇妙的微笑，注視著我。「醫生知道怎麼處理這種事。」

「您不必帶山米去看醫生，」羅珊說，「那個鬼……」

「你沒說你的隱形朋友是個鬼啊？你並沒有提到這一部分……」媽媽不解的說道。

「你的隱形朋友？」羅珊眉毛挑起，疑惑的問道：「他還在你房裡？」

「等等，爸爸……別帶山米去看醫生！」賽門大聲說道。

哇啊！我簡直不敢相信，賽門居然幫我說話。

「今晚別帶他去，」賽門接著說，「明天再帶他去，明天他還會是瘋的。今晚請你幫我做科學研究報告，我長得不夠快，需要你幫我選一個新題目。」

「你得等等，賽門，你哥哥需要協助。」爸爸堅決的說，「來吧！山米，我

這句英文怎麼說

一切都會平安無事的。
Everything is going to be okay.

們走。」

「我不要去看醫生！」我大喊。「等等，要是我能證明布倫特是眞實存在的呢？」

我沒讓他們有機會回答。我有個計畫，一個很不錯的計畫，如果成功了，他們就得相信我。

他們「必須」相信我！

我快步跑到地下室，在爸爸的工作檯上翻找。

在哪兒呢？它在哪兒呢？

我緊張的四處東翻西找。

它必定就在這裡的某個角落！

我撥開工作檯上的東西，所有物品嘩啦嘩啦的掉了滿地。

找到了！分子偵測燈……

我快步跑上樓。

「這個燈能照出看不見的東西，是不是？」我對爸爸揮著燈。「所以，如果

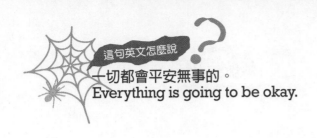

我對著布倫特照，我們就能看到他了！是不是？爸爸，是不是？」

「或許吧！」爸爸猶疑的答道，「可是，山米……」

我跑上樓，所有人都跟著我。

這麼做會成功嗎？我自己也不知道。

會不會成功呢？

這句英文怎麼說

別傻了！
This is silly.

28.

「你在哪裡？布倫特，我知道你在這兒。」

所有的人都擠進我的房間。

他們看著我慢慢的轉圈，尋找布倫特可能會在哪裡的跡象。

「布倫特！」我叫著他的名字。

他沒回答我。

我打開偵測燈，沿著房間角落探測。

但還是沒有布倫特的蹤影。

「山米，別傻了！」媽媽說。

她轉向爸爸要他想想辦法，但爸爸只是聳聳肩。

我跪下來，偵測床底下。

布倫特也不在那兒。

「請你把燈放下，」媽媽請求道，「你在浪費時間，我們跟醫生有約。」

我不理會她。

「你在哪裡？布倫特，我知道你在這兒！」我說，「告訴我你究竟在哪兒……立刻告訴我！」

終於，布倫特說話了。

「請別這樣，山米，求求你……我不想讓你看到我的模樣。」

媽媽、爸爸、賽門和羅珊都嚇了一大跳。

「看吧！」我激動的叫著。「我告訴過你們……告訴過你們他在這兒！我告訴過你們我沒發瘋！」

我偵測著書桌前的椅子、床上、衣櫃前，可是都不見布倫特的蹤影。

「你在哪裡？布倫特，沒關係，你告訴我，我必須讓他們看看你。」

「拜託，不要！」布倫特大叫，「我不要你這麼做！」

這句英文怎麼說

我們跟醫生有約。
We have an appointment with the doctor.

我猛力打開衣櫥的門，舉起偵測燈往裡頭照……
霎時，我看見他了！
「喔，不！我不相信！」我驚喘一聲。
「你是個……你是個怪物！」

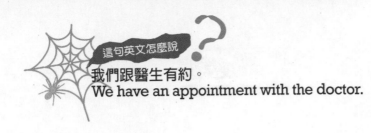

29.

「你是個怪物！」我又叫了一聲。

我的手不停的發抖，偵測燈也跟著不停的晃動。我費了好大的勁，才讓自己的手穩住。

「這就是爲什麼我的父母要把我變成隱形人的原因，」布倫特輕輕的說，「他們認爲假如你們看不見我的話，或許我就有機會生存下來。」

偵測燈仍然照射著布倫特，他走向我。

我倒退了一步。「你想做什麼？」

「哇……他好醜！」賽門咕噥著，「眞噁心！他只有『一個』頭……」

「你們看，他只有『兩隻』手……好短的手！」羅珊跟著大叫。「短到他根

這句英文怎麼說

我能把他拿來做我的科學研究報告嗎？

Can I have him for my science project?

本沒辦法一圈又一圈裹住自己。這樣他要怎麼保暖呢？」

「還有那長在他頭上黑黑的東西是什麼？」賽門說，「爲什麼他不像我們一樣，有好多的捲鬚和吸盤？他的天線在哪兒呢？怎麼可能只用『兩隻』眼睛看東西呢？」

「大家冷靜下來，」爸爸指示。「你不會傷害我們吧……你會嗎？布倫特。」

「不，當然不會，」布倫特回答，「我只想做山米的朋友。」

「不！做『我的』朋友！」賽門叫著，「我需要你做我的科學研究報告！」賽門面對著爸爸說：「我能留他下來嗎？爸爸，求求你！我能把他拿來做我的科學研究報告嗎？我真的需要他！」

「那不公平，」羅珊回答，「是山米先發現他的！」

「大家……安靜！」媽媽命令道，「布倫特……我曾經從一本教科書上看過你們這個物種，嗯，讓我想想……你叫做什麼呢？」

「我叫做『人』……」布倫特怯怯的回答。

「對了！」媽媽彈著手指頭，大聲說：「我現在想起來了，是『人類』。」

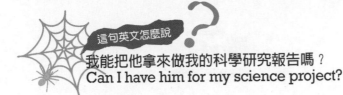

「好噁喔！」羅珊嘀咕著，一臉厭惡的表情。

「我知道我很醜，」布倫特難過的說，「那就是我不想讓你們看見我的原因……」

他的聲音越來越弱。我不敢置信的盯著布倫特。

他是一個人類！我從沒聽過有這回事。

我的五隻眼睛從他身上移開，面對著爸爸。

「我知道他很醜，爸爸，但是我想留下他……」我說，「可以嗎？我會好好照顧他的，我保證！」

「不行，這樣不好，山米。」爸爸仔細端詳著布倫特，接著說：「我想我們最好帶布倫特去動物園。」

「啊？動物園？」我大叫著，「為什麼？爸爸，他為什麼一定要住在動物園？」

「嗯，因為他在那裡會受到比較好的照顧，」爸爸回答，「畢竟人類是稀有動物啊！」

我開始做起白日夢。
I started to daydream.

你們看看賽門的傑作！
Look what Simon made me do!

賽門是個突變種。
Simon is a mutant.

真希望星期六趕快來。
I can't wait for Saturday to come.

總之，她是我要好的朋友之一。
Anyway, she's one of my best friends.

他鐵定是在做科學研究作業。
He must be working on his science project.

我想那是我的錯。
I guess it was my fault.

別浪費時間了！
Don't waste your time!

我還以為沒有任何東西能嚇倒那隻貓呢！
I didn't think anything could scare that cat!

我知道可以用它來做什麼了。
I know what we can use it for.

我要你們都出去！
I want you all to leave!

你昨晚很晚才睡嗎？
Did you get to bed late last night?

你怎麼這麼快就吃完穀片了？
How did you finish your cereal so fast?

你真的看太多鬼故事了。
You're reading too many ghost stories.

- 大聲讀方程式。

  Read the equation out loud.

- 我猛力把手抽回來。

  I yanked my hand back.

- 我的數學很拿手。

  I'm really good at math.

- 告訴我你是誰！

  Tell me who you are!

- 媽媽打開冰箱拿出飲料。

  Mom opened the refrigerator to get a drink.

- 是誰搗亂了我的房間？

  Who trashed my room?

- 如果不是你做的，會是誰呢？

  If you didn't do it, who did?

- 你怎麼知道我的名字？

  How do you know my name?

- 我只想做你的朋友，山米。

  I just want to be your friend, Sammy.

- 賽門從我床上撿起一根雞骨頭。

  Simon picked up a chicken bone from my bed.

- 當隱形人是怎麼一回事？

  What is it like to be invisible?

- 我來幫你寫功課。

  I came over to help you with your homework.

- 你到底要不要做數學呢？

  Do you want to do math or not?

- 我現在實在沒有興致。

  I'm really not in the mood right now.

- 那是個年輕人的鬼魂。
  It was the ghost of a young man.
- 這份報告對我很重要。
  This report means a lot to me.
- 你為什麼不看呢？
  Why didn't you look?
- 我真的受夠你那些愚蠢的玩笑了。
  I'm tired of your dumb jokes.
- 他想要從我這兒得到某種東西。
  He wants something from me.
- 學校裡充滿了隱形人！
  The school is filled with invisible people!
- 你怎麼可以這樣對待我呢？
  How could you do this to me?
- 今天我可是連一點喘息的時間都沒有。
  I couldn't catch a break today.
- 請你讓我留下來。
  Let me stay, please.
- 沒什麼讓我困擾的事，真的。
  Nothing is troubling me. Really.
- 全隊都仰賴我呢！
  My whole team is depending on me!
- 我準備就位。
  I dropped into my racing position.
- 我要幫你贏！
  I'm going to help you win!
- 贏了也並不代表一切。
  Winning isn't everything.

我得立即行動才行。

I have to do something right away.

我才剛經歷過一生中最糟糕的一天回到家。

I had just returned home from the worst day of my life.

我想成為你最好的朋友。

I want to be your best friend.

別再說這些荒唐的故事了。

No more crazy stories.

你能不能想個辦法讓那隻貓別再鬼叫了？

Can't you do something about that cat?

我需要休息。

I need to get some rest.

布倫特抓住我的手臂。

Brent grabbed my arm.

我只是想幫你站起來。

I was just trying to help you up.

那件夾克從衣架上滑了下來。

The jacket slid off the hanger.

我們會站在你這邊。

We're going to be here for you.

我知道這個計畫成功了。

I knew that my plan had worked.

你很幸運有我這個夥伴。

You're lucky you have me for a partner.

我們站在寬敞的前廳裡。

We stood in a large entrance hall.

這裡什麼也沒有。

There's nothing in here.

- 我們去看看箱子裡有什麼。
Let's check out the trunk.
- 別光是杵在那裡！
Don't just stand there!
- 我得把這些鏡頭拍起來！
I've got to get this on tape!
- 鬼魂緊緊跟著我們。
The ghost followed after us.
- 我想，那是我生前的最後一句話。
I thought they were my last words.
- 夜晚從不曾如此美麗。
The night never looked so beautiful.
- 那可不是什麼輕鬆的差事！
That was hard work!
- 我當然會幫你。
Of course I'll help you.
- 爸爸急急忙忙的去廚房拿車鑰匙。
Dad hurried to the kitchen to get his car keys.
- 一切都會平安無事的。
Everything is going to be okay.
- 別傻了！
This is silly.
- 我們跟醫生有約。
We have an appointment with the doctor.
- 我能把他拿來做我的科學研究報告嗎？
Can I have him for my science project?

雞皮疙瘩系列 37

我的朋友是隱形人

原著書名——My Best Friend Is Invisible
原出版社——Scholastic Inc.
作　　者——R.L. 史坦恩（R.L.STINE）
譯　　者——愛陵
責任編輯——劉枚瑛、何若文
文字編輯——艾思

國家圖書館出版品預行編目 (CIP) 資料

我的朋友是隱形人 / R. L. 史坦恩 (R. L. Stine) 著；愛陵 譯.
-- 2 版 . -- 臺北市：商周出版：家庭傳媒城邦分公司發行,
民 105.09 160 面；14.8 x 21 公分 . -- (雞皮疙瘩系列 ;37)
譯自：My Best Friend Is Invisible
ISBN 978-986-477-083-0(平裝)
874.59　　105013686

版　　權——翁靜如、吳亭儀
行銷業務——林彥伶、石一志
總 編 輯——何宜珍
總 經 理——彭之琬
發 行 人——何飛鵬
法律顧問——台英國際商務法律事務所 羅明通律師
出　　版——商周出版
臺北市中山區民生東路二段 141 號 9 樓
電話：(02) 2500-7008 傳真：(02) 2500-7759
E-mail：bwp.service @ cite.com.tw
發　　行——英屬蓋曼群島商家庭傳媒股份有限公司城邦分公司
臺北市中山區民生東路二段 141 號 2 樓
讀者服務專線：0800-020-299 24 小時傳真服務：(02)2517-0999
讀者服務信箱 E-mail：cs @ cite.com.tw
劃撥帳號——19833503 戶名：英屬蓋曼群島商家庭傳媒股份有限公司城邦分公司
訂購服務——書虫股份有限公司客服專線：(02)2500-7718；2500-7719
服務時間：週一至週五上午 09:30-12:00；下午 13:30-17:00
24 小時傳真專線：(02)2500-1990；2500-1991
劃撥帳號：19863813 戶名：書虫股份有限公司
E-mail：service@readingclub.com.tw
香港發行所——城邦（香港）出版集團有限公司
香港 灣仔 駱克道 193 號東超商業中心 1 樓
電話：(852) 2508-6231 傳真：(852) 2578-9337
馬新發行所——城邦（馬新）出版集團
Cité(M) Sdn. Bhd. 41, Jalan Radin Anum,
Bandar Baru Sri Petaling, 57000 Kuala Lumpur, Malaysia.
電話：(603)9057-8822 傳真：(603)9057-6622
商周出版部落格——http://bwp25007008.pixnet.net/blog
行政院新聞局北市業字第 913 號

美術設計——王秀惠
印　　刷——卡樂彩色製版有限公司
經 銷 商——聯合發行股份有限公司 新北市 231 新店區寶橋路 235 巷 6 弄 6 號 2 樓
電話：(02)2917-8022 傳真：(02)2911-0053

■ 2003 年（民 92）08 月初版
■ 2021 年（民 110）10 月 07 日 2 版 2 刷
■ 定價／ 199 元

ISBN 978-986-477-083-0

Goosebumps : vol#57 My Best Friend Is Invisible

Printed in Taiwan
城邦讀書花園
www.cite.com.tw

Goosebumps®

Goosebumps®